雲娃娃

蘇善・著

目錄

自序
只在此山中

看著電腦資料夾的存檔日期，始於二〇〇八年九月二十五日。也就是說，這本小說構思已久，隨著時日而修潤。

其間，世界各地苦於天候異常，災害報導屢有聽聞，水資源問題特別受到國際矚目，譬如《朝鮮日報》中文網在二〇〇八年八月十八日的報導寫道：「由於水資源不足，水價將在未來十年內與油價持平，並有可能在全球爆發水資源爭奪戰。世界人口的百分之四十居住在兩百五十條河流源頭附近，從歷史記錄來看，居住在下游的國家由

於擔心水源問題，因此比河流上游國家更加注重增強國防力量。」（註一）

隔年，《泰國世界日報》社論也探討紐約智庫「亞細亞會社（Asia Society）」的警告：「當氣候變遷、人口增長等影響，逐步威脅到大多數基本天然資源，亞洲將面臨為爭奪水資源而爆發更多的衝突。」（註二）數年之後，美國政府在二〇一二年三月二十二日「世界水資源日」當天發表的報告指出：「淡水短缺及旱災和洪澇日益頻繁，有可能使水資源成為國與國之間交戰的武器，或恐怖分子襲擊的目標。」不過，這份報告駁斥戰爭逼近：「未來十年國與國間爆發水資源衝突的機率不大。」（註三）卻同樣強調了：「水資源令人憂心」。

幾則報導對照之下，戰爭或未必然，用水問題卻因氣象極端變化而不容小覷。在中國，乾旱造成農業損失，導致淡水湖鄱陽湖的面積縮至兩百平方公里以下（註四）。美國南方三州由於人口激增，水源大量消耗，長久爭水（註五）。南美智利小鎮基亞瓜因為水權私有，工業污染與軍政商鬥爭使得田地寸草不生（註六）。台灣則因降雨不穩定，年年面臨限水困擾（註七）。

不論身處何時、何處，水資源問題或隱或現，朝夕牽繫著庶民生活，天降雨霖或自來之水如果不敷使用，遲早影響各行各業，農作物則反應了最原始也最直接的損害。因此，這個故事嘗試微觀世界，把世界縮成最小規模，把糧食危機拉到最逼近的眼前，透過兩座山的處境，探入同時放大環境與生靈的關係。

聯合國早在一九九二年便將每年三月二十二日訂為「世界水資源

日」（World Water Day），藉以提醒世人水的重要性。這個故事也一直擱在時光之中，日夜關注變動的世界，承蒙秀威出版厚愛，得以付梓，希望字裡行間引發共鳴，一起珍視水資源，並且思考其中所涉及的「分配」與「公平」議題，更企盼此作能夠時時提醒：未來始於當下，涓滴匯聚生命之源。

蘇善　誌於二〇一四年初春

附註

註一：水搶不過人家 下游國家更重軍力（《朝鮮日報》中文網2008/08/18）

註二：水源危機 亞洲會為此衝突嗎？（《泰國世界日報》2009/04/20）

註三：水資源短缺恐將成為新武器（《中國時報》2012/03/24）

註四：中國50年大旱 鄱陽湖再萎縮（《奇摩新聞網》2012/01/12）

註五：水資源不足 美南方三州長年「打水戰」（《聯合晚報》2014/02/18）

註六：水權自由交易 智利小鎮乾涸凋敝（《聯合報》2009/03/24）

註七：雨季更濕乾季更乾 台灣缺水危機增高（《中廣新聞》2011/04/13）

第一部　祈雨

「雙管齊下！」

「好吧，咱們總得試試，不然……以後，可怎麼辦？」

屋內，「密會」正在進行。

屋外，石方方「呆」了許久，終於聽到重點！他趕緊拍拍額頭，全力警戒，眼睛睜大，耳朵拉尖，他在心裡同時催促屋內的人：趕快說下去！細節呢？

貼上臉頰，控制力道，石方方讓耳朵罩住牆面，想從木條與茅草的縫隙之間抽出一些話絲兒。

石方方一邊提醒自己：站穩！千萬不能來一個踉蹌，暴露形跡！

「……」

偏偏隔牆那邊悶悶闃闃！

石方方閉嘴扯動喉嚨，口中嘟噥，巴不得痛快給他一聲大吼：不要七嘴八舌，就讓一個人來說吧！

「……」

屋內依舊攪混著低沉的嘰哩咕嚕。

嘰哩咕嚕說些什麼呀？

再大聲點吧！石方方心裡巴望著，同時數落自己天真，怎麼可能？這三更半夜的「密會」當然不會像宣布「放羊禮」那樣昭告全村！

屋內頓時無聲。

闃寂。

太安靜！

石方方忽然被隔牆的沉默震醒。

不對勁！

石方方收拾手腳，幾乎同時轉身就跑，他相信直覺，情勢不妙，牆壁後面似乎正在凝聚一股防禦，等待號令，下一瞬間就會破牆來擒抓自己。

跑！

石方方拼命跑。

千萬不能被逮著！

偷聽，尤其是這麼隱密的會議，如果被發現，肯定會被打斷雙腿，還會連累老爹。

*

石方方飛跑。

跑！

雖然在黑夜裡狂奔，一路上也沒給半顆石頭絆倒，這山路怎麼彎哪兒繞，石方方全知道，他哪，頭連著身，身連著腳，不見互相羈絆，只有速度相乘，他的腳踝像長了翅膀一般，呼溜而過，連他自己的影子也差點跟不上。

「雙、雙管……」兩件事？同一樁？石方方問自己。

石方方繼續狂奔。

「齊、齊下……」什麼跟什麼呀？石方方以為現在和以前一樣，日子在太陽底下並無不同，可是那些大人，為何偷偷摸摸？不明講？就在喉頭和心頭之間，一股力量怦怦動動，卻又忐上忑下，讓他整個人感覺很不暢快。

邪門！

*

真是邪門，這山路怎麼跑不完？

黑暗繼續霸占世界。

腦袋悶沌沌，石方方驚覺：一定要把某些事情想成一串。

石方方想要轉身，繞上一圈，審視自己所在之處，卻是無法動彈。

肩胛與胸脯好像壓了一塊巨石，就是動彈不得，石方方心頭一急，所有情緒灌注四肢末梢，想要搖晃全身，來個擎天之舉，怎知手腳竟也麻痺了，又好像整個軀體被五花大綁，就連挪個屁股都沒辦法！

「起床啦……就知道你又賴床……」

一句吆喝從外面穿堂過門而來。

這聲音是熟悉的，石方方豎起耳朵，努力尋憶，偏偏偌大的黑暗裡摸不清哪個形體，也看不見哪張面孔。

「你趕快啦……大日子耶……還賴著不動！」

天搖地動，石方方一陣暈眩，肚翻腸攪。

＊

「我掐點清醒給你……」

「啊……」石方方哀嚎，不過整個人恰恰被那痛感收整了起來。剎時放亮，石方方睜大眼睛，世界沒有變樣，同樣是他生活了十個年頭的地方，屋子外面，白花花的光。

「好啦！別再揪我腮幫子，痛耶！」石方方如實陳述知覺，表情卻不似語氣那般剛硬，因為他瞧見可愛的姊姊。

石圓圓沒有停手，放過臉頰，掀開被子，目標是兩隻腳掌，她幾乎整個人站在床板上，用了全身的力量抓住弟弟的踝部，顛倒方向，試圖把石方方倒掛起來。

「哈！瞧妳吃奶的力量才這麼點兒大！」石方方輕蔑地說，這會兒，他反而不急著起床，還故意使勁讓背部緊貼床板。

「你肥羊！」石圓圓釘腳當柱，奮力又拉了兩三把。

「哇哈哈……哇哈哈……」石方方以背抵床，增加身體的重量。

女孩用力再拖，咬牙切齒地拉，卻只能側向挪移，自己的腳步亂了，身體的重心也不穩，瞧瞧男孩臉上輕鬆的謔笑，知道目的已經達成，女孩明眸閃爍，噗哧一聲，突然放掉所有力氣，跳下床，一溜煙地，跑得不見蹤影。

*

「疼！」

石方方不得不起身揉撫自己的腳跟，方才被姊姊那麼一甩，骨頭該不會碎掉了吧？

真愛鬧！

石方方心裡嘀咕，其實沒有絲毫怒怨。

這不是第一回，雖然被硬生生地喊醒，有些錯愕，不過，只要一見到雙胞胎姊姊那張笑臉，石方方的心窩就會立即溫暖起來。

再說，每天一睜眼就看見另一個自己，提醒自己是加倍的活著，挺有趣哪。

總之，是該起床了。

儘管賴床，石方方還算知道分寸，時刻捏得準，因為，家裡的活兒都有時限，容不得拖延。

可是此刻身體軟泥一般，兩條腿沉甸甸，掛在床沿，彷彿斷了似的，石方方用足意志力，就是使不動。

怎麼回事？石方方心中著急，東張西望，不是做夢，家裡還是老樣子，上頭一撮黑的是屋頂，下面一個方的是門框，而外面，是一個挨著一個的草屋。

石方方使勁又壓又捶又捏又掐，今兒個怎麼回事？難不成昨晚摔斷腿？不對！不是回到自己床上了嗎？

「昨晚肯定做賊去啦！」一顆大黑頭從門框邊閃出來。

「哇！」石方方嚇一跳，那一顆頭背著光，怪聲怪調詰問，真要叫人嚇破膽！

「到底怎麼回事？這麼重要的日子，你倒搞怪哩？」石圓圓跨過門檻，挨近弟弟身旁。

「哪有？腿很痛嘛！」石方方揉揉腿。

「糟糕！」石圓圓恍然大悟，頓時焦急起來，蹲下身檢視弟弟的腿，十分懊悔地說：「以前都沒事呀！」

女孩面帶愧疚，拉起弟弟的腳，從腳趾頭開始，一路向上按摩至大腿，手勁輕緩卻是慎重。

石方方忍著，不是忍痛，是因為「癢」在爬！

女孩繼續按摩，換腿再做，手勁更加緩慢、溫柔，臉上的憂思卻越顯糾結、濃厚，不過，女孩刻意壓低了面龐，不給男孩瞧見。

石方方再也忍不住，全身失控，像鬆了關節一般。

「好啦！好啦！不要緊的！妳再這麼搔癢，我怕骨頭散啦！」石方方嘴上說得輕鬆，暗地裡吃力挪動雙腿，屁股貼緊床沿倏忽下床站立，一個箭步衝向最近的牆面，以便掩飾差點踉蹌的破綻，他趕緊用整隻手臂頂牆，換口氣，假裝享受外面的光芒和氣息，這一歇，雙腳總算連結身體，恢復了支配感覺，這才「腳踏實地」邁出步伐，進入這一天的世界。

*

外面應該是一個鏡子世界。

本來是一片水汪汪、晶亮亮的田隴，每一塊含水盈滿，雖然是不規則的鏡片，遠遠地看，便能拼組成一面大鏡，山的形狀，樹的顏色，天的層次，全都映照水面，低頭看，大人看見一個希望，而小孩，瞧見一個天堂。

這個天堂喚做「稻香村」，屋頂罩著稻桿，舊的黑，新的黃，這兒一攏，那兒一撮，愛聚的，大家大族兜圍一起，密密麻麻的草屋，不分直系或旁親；喜歡安靜的，住遠一些，生計一樣，種稻，吃米。家家戶戶的氣氛都是和和詳詳的，譬如石家，石老爹和石大娘，兒女一雙，眼下三間草屋也就夠住了，未來再添人口，擴建也挺方便。

「你可終於露臉啦！」石大娘衝著兒子吆喝，又不忘調侃：「天色似乎還早，看來是太陽跟你約好，等你起床才要發亮喲！」

這番話讓男孩面紅耳熱，卻讓女孩笑得吱吱咯咯。

石大娘就站在小廣場邊，腳下有盆濕衣擱著，半空了，因為另外一半已經被掛上竹竿。

一邊說話一邊打量四處，石大娘還能一邊雙手勞動，動作一絲不苟，撐開、拉平，能穿過的便從這隻袖子進、那隻袖子出，而且要讓開襟的那面先曝照陽光，正如同做莊稼的每天迎向朝曦那般。至於褲子，儘管只能對折掛上，石大娘也要老老實實地整平每一處揪扭過的皺紋，等到曬乾了，才能顯得俐落，一穿上，誰都不會埋怨晾衣的隨便或者穿衣的懶散。

「趕緊給肚子填點東西吧！」石大娘一邊說，一邊翹首，一邊用眼睛朝女兒示意。

石圓圓瞧見母親眼色，立刻提腳跑進最旁側的草屋，隨即鑽了出來。

「快點吃了，否則要落後啦。」石圓圓遞上一個圓餅，細聲提醒。

「知道！知道！」石方方接下圓餅，大口啃咬，草草咀嚼，唇片輕輕呶呶：「我趕幾頭？」

「別忘了帶著你的機伶！」石圓圓依舊一派玩笑口吻。

「當然！」石方方鼓著一張嘴，面露興奮，這等待許久累積而成的興奮讓他差點把嘴裡的食物噴吐出去。

「小心！你！」石圓圓閃得挺快，今天是重要日子，她才不要身上的衣服給弄髒，儘管自己只能陪著忙！

*

石大娘已經將剩下的衣物打點好，收拾了東西，緩步走入中央那間最寬敞的草屋，旋即出現，手上托著一個竹籃桌。

「飽啦？」石大娘瞅著兒子，明明曉得自己多問，總要說些什麼，表示自己沒有閃神。

「走吧，爹趕羊過去了。」石圓圓做勢想要挽起弟弟的手。

石方方趕緊吞了夾在指間上的最後一小塊，他拍拍手，抹抹嘴，拉拉衣服，然後伸出手臂交給姊姊，兩人親密地依偎一起。

「瞧你們！感情可好！」石大娘眼裡笑意盈盈，心想：果真是對孿生胎，成天窩在一塊，偏偏今天這檔大事，不能同行……

「等等！」

正要走，石方方急忙撂下姊姊的手，拼勁跑向房子後面的小樹林，一會兒，又喘著大氣回到前庭來，一派放心地再度挽起姊姊的手。

「做啥？」石圓圓問。

「不告訴妳。」

「娘才誇讚咱們感情好呢，這下又對我藏祕密？」石圓圓面露嗔色，微慍。

「哎呀！忘了男人的東西……」石方方臉上寫著尷尬情緒。

「男人？等你通過考驗再誇口吧！」石圓圓取笑弟弟。

的確，火柴不算是男人的東西，那是石方方從娘的炊房裡偷出來的，所以，它真是個秘密！因為，按村子規定，小孩不能生火，若藏了火柴盒在身上，可要挨罰的！

「哪……」石方方露個盒角邊兒給姊姊瞧瞧，隨即收起得意，擺出板臉。

「我知道了，你去給樹神討護身符了。」

石圓圓幫忙找了一個理由，心裡卻是欣羨弟弟敢於冒險，不像自己，女兒之身，永遠只能置身事外，她心裡其實十分抱憾，探索的自由受到拘限，如果可以，她也想去啊。

*

石大娘走在前面，懷中捧著竹籃桌，裡頭看似排放四盤食物，其實都是一樣的餅，不過是有大、小、厚、薄之分罷了。

石大娘也不想這樣，除了乾巴巴的餅，更應該帶些上等的、細緻的食物，譬如肉乾或肉條，可是，這幾年沒有收成可以交易，只好用自家的稻子和玉米，琢磨著變化，除了形狀，好歹也要把口味弄成鹹的和甜的，換著吃，才不會生厭，畢竟，這一趟出門不是三兩天。

「你可得俐落些、小心點……」石大娘不時回頭叮囑，彷彿想把時間再拉回好多時候之前，讓他們永遠都是小娃兒，不必獨自去吃苦……

「我會！我會！」石方方被說得有些惱煩，心裡想：又說又說，打從村長的話一傳開，娘的嘮叨一天比一天頻繁，不知道已經講過幾回保證了，連這會兒踏出門了，還講個沒完！

「哎呀，娘！那一夥人裡面肯定有比他能幹的！」石圓圓試圖發揮安慰的角色，不好直批弟弟的本事，因此強調團體的力量。

石方方用肩膀撞撞姊姊，抗議她瞧不起人。

「要是娘不放心……」石圓圓溜溜眼珠，還幫著設想好主意：「不如……把我藏在袋子裡，讓我去照顧他吧！」

「藏在袋子裡？真有妳的……」石方方被逗得笑哈哈。

「瞧妳這丫頭，說什麼傻話，妳也有要緊的事兒，別以為『祈雨』輕鬆哪……」石大娘皺皺眉。

石大娘這會兒真是兩頭擔憂，一邊心繫兒子，另一邊為「祈雨」傷神，因此未能嗅出女兒句句玩笑之中隱藏的微妙情緒。

「我到底管幾頭羊？」石方方嘴巴上只掛念這一趟出門。

「你會知道的。」石圓圓有些賣關子的姿態，其實她知道，羊不多，若沒記錯，她隱約聽見爹娘商量，要去借個幾隻來湊合，不過，別家的情形恐怕也差不多，糧食少，牲畜難養。

＊

順著路，山勢漸緩，兩旁的樹木似乎比較粗壯，石方方多瞧了幾眼，聯想到屋後的小樹林，這才猛然驚覺：當真要離家了。

山腳下，聚集了全村的人。

石大娘把懷中的竹籃桌擺下，因為晚到，只能放置末尾。

順著行列看過去，長長的一串竹籃桌，每一籃差不多就跟石家的盤面一樣多，頂多添個一盤或兩盤，不多，都是止飢的乾糧。少數幾個籃可以擺上肉乾，守在一旁的主人，顯得趾高氣昂，不過，大家心照不宣，誰也不去計較食物，倒是互相安慰與鼓勵，畢竟這是孩子的大事，平平安安歸來才是要緊。

「好咧，小伙子們！」村長清清喉嚨，把眾人的注意力抓齊，大聲宣布：「今天是放羊的日子，嚴格說起來，是羊群領著你們，一切事情，自己打理……」

石大娘忍不住又對兒子說：「堅強點……」

石方方皺起眉頭，彷彿這過多的關注讓他丟人現眼，他因此低下頭去，用腳踢了土石，害得附近飄起一陣塵煙。

煙塵懸著，久久未落，可見這土地乾燥太多時日，少了滋潤。

＊

「的確，很久沒下雨了，你們都知道的，這一趟，辛苦由你們自己擔當了，可是，這正是磨練男兒體魄的時候，千萬記住，食物得斟酌，飲水，尤其要省……」

人心騷動起來，村民議論紛紛，大概不脫「水」的問題。

然而，真正按捺不住的是羊群，嫩草正等著哪。

「好哩，年輕人，把家裡給你們準備的，全帶上，等你們歸來，我們一定會擴大慶祝，我們要準備很多食物，比你們眼前見到的要豐盛好幾倍……」

「來，咱祝福各位，一路平安！」村長眼睛放光，胸膛鼓脹。

眾人附和村長，端起了木碗，碗內一些些透明的晃動是珍貴的米酒，近幾年，米都不夠吃了，能囤能釀的自然少得可憐，於是這象徵性的敬酒，只能小啜一口，免得醮諸土地的心意不夠，怕神靈動怒，殃及人畜。

何況這一趟，都是些小娃哪，石大娘心情尤其沉重，心想：方方這孩子老是心不在焉……

*

竹籃桌上的糧食一一被收拾打包，交給男孩們。

放羊的路已經讓了出來。

「兒子，你認得咱家的羊吧？」石老爹雙手各拉一頭大羊。

「當然知道！」石方方的迫不及待已經蓄積到頂，他興奮地拉拉羊耳朵：「我是方方，頭方方，臉方方，眼睛方方。」

石方方又張開大嘴巴，他本來想說：嘴巴也方方，卻因為少了唇舌協調，只發出啊啊啊的聲音。

「就是愛鬧……」石大娘滿面愁容。

「娘，您別被他耍了，他心裡可清楚得很。」石圓圓到底是比較瞭解這個孿生弟弟。

「哎呀，很好記的，羊爸爸左耳上有個記號，記號在右耳上的，就是羊媽媽，何況還有乳頭……」石方方笑聲嘻嘻。

「靠你的記性啊……還不如靠牠們倆吧……」石老爹蹲下身子，摸摸羊兒的頭，喃喃自語，又似乎與羊兒交談。

「總之，出力，找羊爸爸，喝奶，找羊媽媽。」石大娘給個簡單的記法。

石方方心裡牢騷：總之，還當我是個沒斷奶的娃兒！

「放心，羊爸爸和羊媽媽可熟路哪，去年還幫忙找著別人家的孩子回來，不是嗎？」石圓圓總是懂得適時找些安慰的話。

「對啦！對啦！我一定乖乖跟著羊群。」石方方終於收起嘻皮笑臉，想讓老人家稍微寬心。

此時，告別已近尾聲，出發的隊伍即將輪到石家，原本挨挨擠擠的羊群因為各家領頭羊的威嚴與引導，慢慢空出舒適的距離，石方方的心神也跟著平靜下來，默默跟緊自家的兩隻領頭羊，堅定而沈穩地邁出步伐。

＊

隊伍便順著羊群的速度，慢慢拉長，卻也漸漸走遠。

送行的村人各自捧著竹籃桌回家，石老爹和石大娘一路上沒有交談，石圓圓也是顯得陰沈沈，整個人不帶勁，拖著腳劃著土，幾分像是牛犁，頭低低，一雙眼睛用餘光極力瞪著、看著，恨不得穿越背後的塵土，趕上那一群去放羊的……

＊

就在隔天，「祈雨」接著舉行。

天矇矇，村長的田裡已經攏聚許多人。

以前，村長的這一塊田最大，也最能吃水，總能收割最多稻穀，石圓圓不得不猜測：會不會村長在地下偷偷埋了水線？

石圓圓便從山上逡巡，一路往下，灌溉渠流貫全村，差別在於田隴的面積大小，大塊的，吃水半天未見滿，小塊的，眨眼之間，水面便形膨脹，無法再多一滴，石圓圓這才明白「稻香村」靠天賞飯的命運。

此刻，石圓圓的眼裡充滿妒怨，卻非針對村長，就是覺得胸口悶緊。

女孩們穿上白袍，頭上戴著稻稈編成的頭冠，石圓圓吸吸鼻，想要聞到久違的稻穗那飽滿豐富的氣味，揉合山風、池水與泥土，以及石老爹的汗液，然而，乾燥已久的稻稈不僅失卻各種養分的重量，只聞到一種虛空，就像這整個世界，少了水分滋養，整座山懸空了，再久一些，怕就會浮起、飄飛走了。

「把稻冠扶正來。」石大娘提醒，語氣幽幽，也擔心這頂太過單薄的頭冠丟了自家顏面。

「妳該編大一些……」石老爹微低頭，細聲對妻子抱怨。

連石老爹都能發現的寒酸，想必村人已經瞭然於心，石大娘沒有回應，只是抬手幫忙女兒整理頭冠，順勢捏鬆那些瘦巴巴的稻稈圈，希望它能撐過今天的場面。

「別再弄了，要開始……」石圓圓移動身體，跟著別的女孩走入中央。

＊

四個男孩裸露上身，僅著一條短褲，赤腳。在露水尚未蒸發的大清晨，儘管已經久旱，空氣仍然冰冷，所以這幾個男孩都抱著胸膛、捏緊手背，不讓上臂上寒毛豎竄。

村長的田帶頭休耕，正好用來祈雨。

田隴中央，一個下凹的圓型區域，已經注水，淺淺的，連水波也蕩漾不起，勉強只能算是一灘泥水。

男孩和女孩分立水窪兩側，等待，這即將進行的儀式，他們是見過的，去年那一回，也差不多這時候舉行，只是此際少了去放羊的三個大男孩，又將人數補足，所以多了新面孔。

巫師緩步走來了，村人自動讓出一條通道。

村長跟在巫師後面，手中捧著一盆米粒，最後將米盆置放在面東一方的地上，約莫貼近梯田邊緣，然後跪伏下來。

所有目光幾乎同時聚焦在那一盆晶白透明的珍寶。襯著薄光，黑夜的暗沉尚且可辨，那盆白米竟然閃閃發亮。

石圓圓睜大眼睛，努力大吸一口氣，嘴裡兩頰不禁泌生津液，濡出往日大口嚼飯的滿足……

沒有雨水，世界變了樣。

「唉……」石圓圓感覺胸口被捶了一記，一時間分不清是悶還是疼。

「天不雨，地裂乾，田裡的青苗無處竄……」巫師繞行水窪，仰首吶喊，替村人道出心聲。

村人噤聲，眼珠不動，直盯著那一盆白米，像著了魔，直到巫師念咒方才甦醒，恍然驚覺應該跪伏下來，人群中便出現一種無聲的騷動，為了彼此挪出空間，也為了找到面東的方位。

「嗚呼，老天別為難，莊稼漢，村姑娘，巴望來年生娃白胖胖……」

巫師誦讀共同的祈願。

「嗚呼，老天賞口飯，稼穡忙，樂囤糧，代代安居梯田山……」

誦語摻和委屈與激昂，惹得村人眼淚盈眶，靜靜思數過往與未來，不禁唇顫，忍不住的已經悶聲抽泣，忍得住的，卻也將下唇咬出凹陷的瘀血齒印。

＊

女孩們踏出腳步，跟著巫師繞行水窪，第一圈，雙手高舉過肩，彷彿求天垂憐，第二圈，女孩們捧掌為碗，村長起身，趨步接近，從懷中拎出一個白布袋，由袋內抓起一撮米粒，女孩緩緩暫停腳步，小心翼翼地承接，深怕漏掉任何一顆米粒。

村長回到獻祭位置，跪伏。

捧米獻祭繼續進行，女孩們將手掌端上眉前，一面留意腳下的裂隙，一面當心掌中的晶玉，如此，跟著巫師咒語的節奏，再繞三圈。

石圓圓感受手中抓握米粒的踏實感，她想起以前隨便洗米，總會被娘叨唸半天，此刻她心中有無數個願意，願意蹲在灌溉渠邊上，瞧白米在水中靜靜漂洗，等竹簍裡的白米慢慢吸水，變得渾圓，也等米糠流遠，流進田隴，不管流進誰家的田裡都好，米糠滲入泥土，一起滋養秧苗。

＊

曙光乍然迸現，天地露出清晰樣貌，空中，一早便已乾透，地面也沒有多餘的露濕跡象。

村長起立，又自懷中掏出小布袋。

女孩們逐一將米粒還給村長，村長神情肅穆，也不敢稍有漏失，浪費食糧。最後，村長掂了掂小布袋的重量，似乎沒差分毫，這才放心收入懷中內袋，心中暗想：不知道明年有沒有新米替換……

女孩們稍歇，回到原先站立之處。

此時，男孩們已經專注地等待，垂放的手背略見握拳，也許是緊張，也許是週身寒意未褪，忍著！因為，再過一會兒，還要頂住更嚴格的考驗。

村長不知從何處提來一桶水，一個杓和一個碗，村長先以碗盛水，遞給巫師。

巫師繼續繞行水窪，一手托碗，一手拿捏短束，這短束也是用曬乾的稻稈綑紮而成。

「雲往東，一團風。」巫師繞行，口中唸誦，以稻稈束沾水，然後指點水窪某處，第一個男孩便跨入水窪，順著巫師手指方位，仰躺其中。

「雲往西，水攪泥。」第二個男孩再步入水窪，依指示位置躺下。

「雲往南，水霧天。」巫師再指，第三個男孩就位。

「雲往北，一片黑。」第四個男孩跟著誦詞動作，躺進水窪，然後閉起眼睛，等待下一個階段的儀式。

＊

巫師又繞行一圈，村長已經提起水桶，執杓準備。

誦語變得低沉，節奏維持，巫師的步伐與停頓恰與水窪中男孩所躺位置扣合，不疾不徐，彷彿這儀式已經演練數次，然而跪伏的村人心裡有數，他們都不願意再來幾遍，不是因為跪久了膝蓋疼痛，而是因為不想眼巴巴再看土地乾裂下去，「祈雨」，最好不要舉行。

祈雨，因為天乾地旱。

天地不和，萬物難生。

所以，「祈雨」的心意要讓天地感動。

男孩們已經閉起眼睛，雙手合掌貼在胸前。巫師繼續繞行，繼續唸誦，在四個方位上停頓，以稻稈束蘸水醮諸天地，村長便在其後舀水潑向男孩。

第二遍亦同，及至第三遍完成，水窪內的水位增高，但是還不至於灌入男孩耳孔，只是將他們濺了滿身泥濘。

巫師將水碗與稻稈束交給村長，村長肅穆地承接，隨即後退，加入跪伏的村人行列。巫師則舉步向前，走到米盆之前，也就是面東方位，再度向天申訴請願：「嗚呼，老天別為難，莊稼漢，村姑娘，巴望來年生娃白胖胖……嗚呼，老天賞口飯，稼穡忙，樂囤糧，代代安居梯田山……」

誦語幾近求饒，巫師就是要天地動容。

女孩們彷彿受到悲愴驅使，低頭垂肩，緩緩邁出腳步，繞行水窪，一如被牽引的傀儡，失了魂似的走著、繞著，直到巫師的音調漸漸高昂。

「雲往東，一團風。」

「雲往西，水攪泥。」巫師邊走邊唸，指天指地。

「雲往南，水霧天。」

「雲往北，一片黑。」巫師比手劃腳，運行法力。

巫師要傳達民意，懇求老天略施薄恩。

女孩們的軀體跟著激動起來，一邊走一邊高舉雙手，極力撐向天空，耳中不斷聽見「雲」，口中便也不自主地喊出：「雲……」

女孩之中，石圓圓慢慢嘶啞了嗓音。

人群之中，跪伏的膝蓋似乎無感，浸淚的眼睛卻是漸漸痠疼。

而泥窪內的男孩們，合掌，閉眼，追憶童年遙遠之處的泥戰……

第二部　放羊

這個世界只有兩座山，一座矮的，只長草，於是成了「草山」，讓男孩們一邊牧羊，消耗的精力，省得他們成為農事的絆手絆腳。另一方面，在形同無援的環境之下，男孩們學習自力更生，為將來的生活做好準備。

「放羊禮」成了一種習俗。

不過，今年的形勢更劣，三年滴雨未降，人羊都難捱。

*

趕羊隊伍抵達「草山」，羊群低頭嗅聞泥土的差異，忽而散開，忽而聚集，彷彿交換訊息，因此圍圍攏攏，暫時停下行程。

天空一色的藍，或深或淡，無雲，山色盡覽，男孩們也趁此時討論此行印象。

「看來沒啥草嘛……」石方方立刻點出眾人的憂思。

「它本來就是這樣的。你以為這趟放羊是容易的嗎？你最好合作一些，省得咱們陪著吃苦。」個頭最壯的桓寬，一開始就想搶得發聲權。

「說得對！」桑皮立即附和：「別想歪點子！」

「哪有什麼壞點子，我腦袋裡裝的，都是好點子！」石方方也不甘示弱。

「行啦！」桓寬大喊，有喝令的味道。

「大家別嘔氣了！」

另外三個男孩說出一樣的觀感，桂根、柏高與松冕看起來並不偏袒，只想緩解言語的對峙，不過，石方方的風評顯然早已傳開，這一趟，除了聽憑自然，恐怕還有一些問題必須面對。

「走吧！」桓寬果然掌起令旗。

「你們要走便走吧！」石方方並不直接反對，只是隨口說說：「不過我爹交代，走不走，得看我家的羊爸爸和羊媽媽，牠們有時候挺拗的……」

「成！既然你這麼說，落後了，走丟了，後果你得自己負責。」

桑皮似乎有些高興，心中盤算：一開始便甩掉這「包袱」，也省下抬槓的功夫了。

「好說！好說！」石方方毫無畏縮地回答：「我有最棒的領頭羊，還不知道誰先迷路哪！」

「少廢話！出發！」桓寬已經習慣出頭，手揮木杖，他率先驅趕自己的羊群出發。

桑皮立即跟隨，丟下一個不屑為伍的臉色，其餘幾個男孩並無反應，只是慢慢移動，於是，羊群開始爬山。

*

石方方就想殿後。

他伸展四肢，抬腿、伸直、繞繞腳踝，換腿再做，接著，把木杖拉高橫掛在肩上，再往後拉，直到隱約感覺肩膀微微發疼為止，然後慢慢放鬆。他恣意呼吸，此時此刻，他可樂得逍遙自在哪。

撂下一切，石方方打算讓腦子空白，啥事也不理。

石方方就是故意拉開距離。

這山勢，乍看並不陡峭，只是滿眼的崎嶇，大大小小的石頭散佈遍地，石方方低頭打量自己的布鞋，恨不能換上一雙硬蹄。

叮噹、叮噹。

那是石家的羊。

「該咱們啦？」石方方發覺羊爸爸和羊媽媽已經並肩開步。

於是，石方方跟在自家羊群後面。

＊

落單。

羊群帶著石方方，好一會兒了。

不知怎地，石方方忽然回頭瞧望，四邊空寂無人，僅僅陌生瀰漫，胸臆頓時膨脹出一種「遺世」的孤獨，好似自己不存在也沒人在乎了，因此，本來企盼的無拘無束，此刻毫無預警地化為零丁，害得他差一點兒就要迸出淚珠，離家的情緒一股腦兒噎在喉間。

「一、二、三……」石方方趕緊跑進羊群，假裝清點羊隻，他心裡其實十分清楚，這漫天席捲而來的孤立，自己有點招架不住。

「記住！我永遠在你身邊……」

是姊姊的聲音？

石方方尋聲找人，心頭竟然漾起一陣欣喜。

山腳下，未見塵土飛揚，當然沒有半個人影，石方方頹喪不已，不禁怪起自己奢想，姊姊本來就不是那麼衝動的人嘛……

乾笑一聲，石方方嘲笑自己，離家，不是期待已久的嗎？

「唉，原來沒伴這麼無聊……」石方方晃呀晃，走呀走。

放羊嘛，當然只有放羊的孩子上來，大人忙農事呢！姊姊也沒閒著呀！她想跟也沒辦法……所以，她讓最珍愛的項鍊陪著我來……

這墜子和自己的，都是石頭……

石方方失神地把玩胸前的墜子。

＊

「好痛啊……」

一陣哀嚎傳來。

石方方猛然回過神來，也不知道濛眼走了多遠，他趕緊用袖管子揩了揩臉，尤其是眼睛和鼻子。

石方方跑到領頭羊旁邊，先確認自己的羊群並未走失，再回頭環顧四方，他看見不遠處有一些零零散散的羊隻，沒有前進，似乎在打著轉兒。

「痛啊……」

哀嚎者原來是松冕，他雙掌抓著右腳踝，面容扭曲地坐在地上。那痛，石方方感同身受，他想起今兒個一大早，自己也在床上挨著那樣的傷，是石圓圓替他揉揉捏捏，才讓他心窩上和肉體上感覺舒坦一些……

那麼，我也來幫他揉揉捏捏吧，石方方隨即決定。

「唉喲！」松晁反而叫得更響亮。

「對不起……」石方方怔住，責怪自己手勁不對，使錯了力氣。

「沒關係……麻煩你……拜託你繼續……」

「好！我把力道再放弱一些……」石方方學習姊姊的手法，東捏西揉揉，這邊輕輕壓，再往那邊慢慢按。

「嗯……」松晁悶聲低哼，臉上的痛苦似乎少了一些。

又過了一會兒，松晁的呼吸恢復平緩，整個身子鬆軟，不像先前硬繃繃的，嘴角線條也上揚了。

「啊……舒服多了……」松晁順勢往地上躺去，兩手枕在頸下，挪了挪身體，配合地上的凹凹凸凸，終於，找對一個合適的姿勢和位置，便輕輕呼了一聲：「你也躺下吧。」

＊

石方方望著好高、好高的天空，思考這奇怪的一刻，感覺異常陌生。

躺著，在「草山」之上，身旁有人，是松冕。

「感激不盡。」松冕開口言謝。

「沒什麼，現學現賣罷了……」

石方方告訴同伴，姊姊的手勁才是溫柔哪，自己粗魯慣了，老是這兒摔、那兒傷的，沒想到才到「草山」，竟然就變了個樣，可以幫人揉腳哪！要是告訴姊姊，她肯定不會相信！

一陣輕鬆的交談，這兩人倒忘了身在何方，只顧著說話，沒聽見一片靜寂已然悄悄開展。

「你瞧……天空那麼乾淨，真美……」石方方當真進入情境，心裡充滿賞遊的興致。

「才不好呢！」松冕斷然否定。

「怎麼不好？天不是一直這麼藍的嗎？」石方方問道。

「咦？」松冕撐起身子，側身瞅著同伴：「你是裝迷糊？還是當真不懂啊？」

石方方忽然被這麼一問，當真覺得莫名其妙了。

「我娘老是叨唸著：『不怕朦朧，只怕瞪睜。』因為啊，這三年，天空天天乾乾淨淨，她每回一唸，幾乎要嚎哭了，說咱們山上的湖，水快用完了，一直不下雨，想種田，恐怕就得先種雲……」

「等等！」石方方從地上跳起來追問：「你說什麼？『種雲』？」

種雲？好像聽過卻又沒有特別印象……

石方方的腦袋像被什麼狠狠敲了一記，頓時頭痛欲裂，腦中一片混沌，紊亂的思緒，怎麼也抽不出一條蛛絲馬跡。

*

「喂！你們渾頭渾腦啦！」

一聲斥責轟然乍響。

石方方猛然轉身，松晃從地上爬起，差點兒踉蹌又摔回地上，只能咬牙忍痛，讓痛的一腳以腳尖觸地，點著、點著，全靠沒傷的左腳撐住自己的重量。

原來是走在最前頭的桑皮轉回來罵人。

「天快黑了，咱們得趁早紮營，桓寬讓我來通知你們，沒想到你們躺在地上，身邊竟然沒有半隻羊！」

桑皮劈哩啪啦，他是逮著機會了，所以數落個沒完。

「沒羊？」石方方和松冕同聲驚呼，隨即四目搜尋，臉色大變，果真桑皮的喝叱並非胡言亂語。

「怎麼辦？」

「找呀！」桑皮瞪大眼珠，似乎難以相信眼前兩人的無頭無腦。

松冕跛著腳，一蹭一蹭，慢慢踮步。

「我去找，你留在這裡。」

「不行！總是要前進的，能跟上，我便得努力。」松冕堅持行動。

「快點，咱們在前頭凹處會合，得紮營了。」桑皮催促。

松晃點點頭，看著桑皮的背影，大致確認了方向和位置。

「還是我來找吧。」石方方仍然決定協助。

「我看咱們一定得走同路囉。」松晃篤定地說：「你瞧這地上的土石，這一邊才有被踢踏過的痕跡。」

石方方蹲下身檢視，果如松晃所言。

「的確有幾撮草被啃咬過，幾乎露出根部了。」石方方也露一手，不讓同伴專美於前。

「不錯！」

兩人相視大笑，幾乎心中同時漾起結交好友的喜悅，兩人於是做伴同行。

＊

石方方扶著松冕走下一個矮坡，夕陽掛在遠處的坡頂，還捨不得遮臉，似乎想等待兩人找到羊群。

兩人低頭循跡，土石被踢動過，草枝也被啃嚼過，一顆一顆乾硬的羊屎隨處可見，全都足以讓他們倆確定：找對了方向。

餘暉漸漸昏昏濛濛，不過，隱約聽見鈴鐺叮噹。

「姊姊？」石方方揉揉眼。

「圓圓！是妳嗎？趕快現身！」石方方假裝生氣，他知道，這招最管用！

矮矮的一片較深的暗影，連接地面，躁動浮浮，在山的陰影與地面之間佈滿淡淡霞光，襯托出一縷高高瘦瘦的背光身形，石方方直覺認定那是自己的姊姊，心上湧現驚喜，因此拋下同伴，趨前跑去。

「姊姊！就知道妳想來！」石方方掩不住興奮地大喊。

*

地上的土礫被踢起，薄薄的塵煙狀似凝聚卻又瞬時飛散，石方方一衝進塵煙裡，才發現別無其他，除了光輝穿透塵粒之隙，沒人啊！

「咦？明明看見了……」石方方在原地四處搜尋。

慢慢趕上來的松冕，在四、五步距離之處突然停住，頓了頓，兩眼睜大，石方方身旁飄浮一個模糊的形狀，閃動著白白亮亮的透明，沒有厚度，好像鑲嵌在兩處，一邊是所來之處，一邊是心之所嚮。

「你瞧見了吧？」

「嗯？」松晁故做張望之態，瞥了口氣，然後說道：「附近沒人。」

松晁極力不動神色，為了隱藏驚惶，他確實見著一個似雲如霧的人形，女孩模樣，他心裡猜想，如果石方方也看到了，那大抵正是他嘴裡喊的「圓圓」。

附近沒有別人。

不過，羊兒都在，石方方看牠們挨挨擠擠，並未驚慌，自己疏忽的那段空檔，會不會是姊姊跑來照顧牠們？這會兒卻故意躲起來了？

「數數羊吧。」

松晁穿梭在羊群之中，清點自家的羊隻。

「羊爸爸！羊媽媽！」石方方只是出聲吆喝，不消片刻，石家的羊便自動靠攏，挨近兩隻領頭羊身旁。

「二十隻，不多不少。」松晁說。

「喔，我家的羊也到齊了。」石方方則是一目瞭然，就那幾隻羊，不及松晁家的一半！

*

「你們總算趕上了……」

「怎麼拖這麼晚……」

桂根和柏高一起從紮營處過來關心。

「瞧你，七隻小羊，真能跑。」桑皮說得拐彎抹角。

「就是！我家這七隻小羊沒見過世面，亂跑。」

「行啦！說說正經事兒，別盡是抬槓，天快黑透了，我們要趕緊生火。」桓寬有些不耐煩。

桑皮挑眉，抿嘴。

石方方快快不平，走向自家的羊爸爸，牠背上的重物正是過夜裝備，左一捆，有睡墊和被褥，卸下擱置一旁，另一捆袋子帳先行攤開，裡頭還裹著一小袋粗鐵釘，釘頭是環。

石方方沒忘記搭帳的順序，在自家屋子後面的小樹林早搭過好幾回，他可熟稔得很。

哼！讓你們瞧瞧本事！石方方在心裡駁嘴。

先搬了顆大石將袋子帳篷有束頭的那端壓上，接著拉長帳身，帳身兩邊各有兩個扣環，用鐵環釘釘入，位置固定，讓人鑽入的開口端連著一片門簾，門框是一道布縫的管子，兩根粗細相當的棍子就貫穿而過，分立的地上端則插入土中，交叉的頂端用繩子繞圈捆在一起，預留一段向外斜拉，當做支柱，鐵環釘插入土中，拉繩微繃，套入鐵環綁緊。至於門簾與門框各有對應的布條，兩兩綁緊即可擋風。

最後，卸下羊媽媽身上的兩只糧袋，連同被褥捆，石方方都將它們暫時塞進帳子內。

*

「快點！搭個帳也七手八腳的，我可是三兩下就擺平！」桑皮開口又是一陣尖酸。

「還不知道牢不牢呢！」石方方也要出強硬。

這話氣得桑皮硬是扯了扯自己的帳篷，驗證自己的本領。

「一個隊上，總是有人手腳遲鈍！」桑皮沒來由的，又換了個出氣對象。

「你沒瞧見人家腳疼嗎？」石方方瞪著眼睛。

「行啊，幫人幫到底！你不如也幫他搭帳，順便把松冕的活兒也一併攬上。」

「不必！我自己做得來。」松冕不想落人口實，否則，回到村子裡，肯定要被人談論一整年。

「別鬥了！帳搭好，便去撿些枯枝、乾葉回來。」桓寬也習慣運用指揮權。

「我們全都去吧。」桂根提議，省得計較。

桓寬不出聲，逕自蹲下打算挖一個營火坑，意思不言自明。

其餘人沉默，付諸行動，只有桑皮一邊走一邊叨呶。

＊

樹枝鋪底，撒放枯葉，薪柴頂端相接，由細而粗，營火坑內很快便搭好一個錐形火堆。

桓寬跪地，雙掌轉動一根尖木棒，在當做爐床的木頭上摩擦。

「怎麼不用火柴？」桑皮疑問。

「來這兒體驗原始，不要簡便。」

「我們都有帶火柴吧？用不完的！」桑皮看著夥伴。

「不是怕這個，有別的考量。」桓寬冷靜地說。

「我爹也有交待，要種雲。」桂根如此補充，柏高和松覓點頭，皆表贊同。

「又是『種雲』……」石方方思索著這個熟悉的字眼。

「幹嘛裝神祕？」桑皮看來毫無所悉，第一次被動地「置身事外」，因此露出睥睨卻不服氣的表情。

「哪裡是神祕！這是全村都得知道的大事情，而且，老老少少都要幫忙，多一縷煙，多一線希望，連我娘煮飯都改燒柴火了。」柏高話匣子一開便抖出話語一串。

松晃因為腳踝還在隱隱發疼，索性坐下，打算接替生火的工作。其餘人見狀，跟著一一就地圍坐，儼然形成一個聊天的談話圈。

*

「為什麼每家的娘首先想到的辦法都一樣！」桂根笑了笑說道：「這麼一來，生活很不方便。」

桑皮想到自家都用自動爐，左手扭開關，右手火柴棒觸燃，火就竄跑一圈，只是有些臭氣，聞起來叫人噁心。

而桓寬還在使勁拼命轉動手掌，鑽木取火，用的是古人的方法。

桑皮歪著頭，不明白何苦這般。

「其實……咱們是在為原始生活準備，恐怕苦日子要來了。」松冕神情嚴肅，語氣透露悲觀。

原始生活？什麼模樣？

霎時氣氛黯然，眾人閉口無言。

「樂觀一些，咱們現在只管努力『生煙』。」桂根擠出笑容。

一直接不上話的石方方其實腦中充滿謎團，想東想西，接來串去，多多少少釐清了一直糾纏的蓬亂，這「種雲」正是那天夜裡竊聽來的，難怪覺得它耳熟，經過同伴的解釋，此刻總算真相大白，更加奇妙的是，後腦勺那處糾結的感覺也消失了。

「事情……不像你們說的那麼簡單……」桓寬放下尖木棒。還沒鑽出火星，桓寬此言倒是點燃眾人的好奇心。

*

營火已經點燃，松晃繼續添加枯枝，小心翼翼，然後緩緩、慢慢地轉動自己的腳踝，露出滿意的微笑。

「先說好，夜裡怎麼輪班？」桓寬總是預先統領事務。

怎麼把先前的話題給收了呢？

眾人心裡想問，嘴上竟然沒人先提！

「好，我承認，你們說的，我都不清楚，尤其是那個『種雲』，究竟怎麼回事？」石方方倒是出聲了。

「不懂才好。」桑皮居然沒有嘲笑和奚落。

「你們卻都曉得！」這就是石方方最無法忍受的。

「我也沒全懂。」松晃忽然站起來，兩隻腳平均著地，沒有失衡，臉上也不見痛苦神色。

「大人瞞著。」桂根反倒是眉頭糾結，提出令人意外的猜測。

瞞什麼？

深邃的沉默如同夜色，石方方甚至抱著頭，很想乾脆把腦袋丟進火堆裡去，像丟鞭炮一般，讓它爆個快活！

「我先去睡，值夜，兩人一組，你們守過一輪之後叫我。」桓寬不想再談。

桑皮二話不說，也跟著鑽進自己的帳，那意思是說，其餘四個人自己看著辦。

「我睡不著。」石方方此時哪有心情睡覺。

「我陪你。」松冕拿起枯枝，攪了攪火堆，轉身從一旁的柴薪堆當中挑選粗木頭，埋進炭火之中。

因此，桂根和柏高互看一眼，有了默契，起身，各自走向自己的帳篷。

*

帳篷其實都圍著營火搭建，間隔不遠，因此石方方和松冕的動作必須儘量放輕，才不會打擾到入睡的同伴。

不一會兒，不知哪個帳篷傳出呼呼的甜鼾，為這黑夜調整了節奏，從方才的滾滾混混的謎團轉化成順其自然，日隱黑漫，萬物歇停。

夜的蕭索卻擴大了心中的虛空，尤其家人不在身旁，那情景，只有孤單足以形容。

松冕似乎不想開口，又好像忘了旁邊還有個同伴，逕自專注看顧營火，以防火星炸飛，傷到人或者波及帳篷。

*

石方方百般無聊，只得把玩胸前的項鍊墜子。

這兩個墜子都是石頭，一塊圓，一塊方，小圓恰好套進方框裡，圓入空，空收圓，包容納合，合成一個方輿，不透明之中紋路可辨，彎彎曲曲，恰似梯田山貌。

「方圓合，靈分身。」石方方低聲輕喚。

霎時一陣煙霧自無處而生，攏聚成一個淡淡、薄薄的人形。

「什麼東西？」松冕立刻察覺，順手自地上撈起一節枯枝，猛力揮打，試圖將霧團打散。

「別打！沒事！不用怕！」石方方趕緊起身抱住同伴。

不是錯覺，松冕十分確定：那是個「人」形。

「妖霧！還不快散！」松冕凜然喝令，手上掄著枯枝，臉上依舊顯露驚嚇。

「方方！我要過來了……」

這聲音果真是自己熟悉的，石方方鬆開同伴，趨近那團薄霧。

*

「我叫石圓圓，是方方的姊姊。」

「沒錯！她真是我的姊姊。」石方方趕緊伸手擋在同伴的雙唇之前，試圖搗住訝異與慌張，甚至是驚叫。

「怎麼有這種怪異的……」松冕想起村人的耳語，說石家挺邪門的，難道就是這回事嗎？

「只是靈魂……」石圓圓故意穿過弟弟身體，俏皮說道：「穿梭自如，不過，此時我的軀體坐在我家後面的小樹林裡，而我娘呢，以為我裹著棉被乖乖睡覺哪。」

「別嚇人家了！妳看他，雙腿發抖呢……」石方方也陪著開玩笑。

「喂！你們一搭一唱，果然就像大家講的，怪胎！」松冕有些受不了這種挑錯時機的幽默。

怪胎？

果然大家都私下議論咱們哪，石家姐弟交換眼色，神情一樣輕鬆。

「好，咱們不跟你鬧了。」石方方立刻換上正經口吻，轉頭對著姊姊質問：「我一直以為妳『一起』來哪！」

可不是！石圓圓本來希望可以親「身」體驗這「放羊」的行程，偏偏村裡忌諱，說女孩不准參加，況且……石大娘十分嚴肅地告誡她，不准偷偷跟隊。

石圓圓於是心生一計，提早將自己的項鍊交給弟弟，也囑咐不要張揚。

合石，分靈。

方圓合，靈分身。

因此，石圓圓的靈魂在午夜時分現形。

*

「不能『一起』來，只好這樣了，娘需要我幫忙……」

「睡家裡可舒服呢，哪像咱們得睡在硬梆梆的地上，而且輪流值夜，挺無聊的。」石方方瞧向松冕，似乎有些抱怨同伴的寡言。

「無聊？難怪你故意放羊群亂跑，害我冒險來幫你找羊！」石圓圓的霧形因為嬉笑而飄飄搖搖。

「就知道是妳看緊羊！」石方方摸摸後腦勺，這糗事可遮掩不了，桑皮那傢伙肯定要大肆渲染。

「下次你得機伶點，黃昏時候分靈很危險的，就這時段，午夜，兩邊都不會有人發現……」石圓圓看著松冕，顯得猶豫。

「妳放心！」石方方拉著松冕，放心說道：「他一定願意替咱們保守秘密，是吧？」

「嗯……當然……」松冕支支吾吾回答：「再說，妳這樣……沒人會相信。」

「是嗎？」石圓圓的分靈飄向松冕，俏皮地問：「那麼，你相信嗎？」

松冕急忙伸手抵擋，以為石圓圓的靈魂打算穿過他的身體。

「我最好還是保持一點距離。」

松冕慢慢後退開，回頭瞧了瞧姊弟兩人，刻意避開，他說：「我看你們有事要聊吧，我去盯著火……」

＊

「依我看，他被嚇著了，他肯定會跟大人講。」石圓圓有些擔心。

「不會吧？」石方方有八成把握，卻無法保證村人是不是相信靈異怪譚。

「你忘記啦？最近連娘也禁止咱們玩這個遊戲了。」石圓圓憂心提醒。

「合石？」

「是啊，她擔心……」

「哎呀，娘哪件事不擔心啦？她還把咱們當孩子看嘛。」石方方早已見慣母親的事事操心。

「總之，下回別這樣，沒人在場才能找我。」

「沒伴說話嘛……」弟弟傾吐委屈。

「咱也不能陪你聊太久呀。」

「一時片刻都好！說點家裡的事吧。」

「怎麼？才離開一天，竟然關心家裡的狀況啊？」

「反正想知道嘛……」

「……」

換成石圓圓猶豫了，她一語不發。

「怎麼？出事啦？」石方方焦急問道。

「也不算……你知道的，氣人哪，換成我，也要大聲跟他們嚷嚷！」

「哎呀，妳說清楚點兒……」

「就是爹嘛，又跟人起衝突，受了點傷……」

「為啥？」

「還不都是因為灌溉水……」

*

「灌溉水不都分配好了！」松冕突然插嘴，丟過來一句公裁的冷漠，顯然非常清楚村裡的情況。

「可是，咱們家的田距離大溝比較遠啊……」石圓圓解釋。

「這也無可奈何，湖水快要見底了，輪耕是目前唯一的辦法。」松冕說的是理想，幾乎轉述了村長的話：「不能自私，大家必須共渡難關。」

「但是……」石圓圓仍想辯解。

石方方嘆了口氣，這個松冕的口氣與理由就跟村裡的大人一樣，然而，實際狀況卻是：位於下坡邊緣的石家水田，只能依賴彎彎曲曲的支流送水，等水來了，剩下一個茶壺嘴巴的口徑，淌了老半天，放水時限一到，根本無法蓄滿秧苗茁壯的需要量。

*

石家的稻田總是歉收，因為水量不足，可是村裡人都講：邪門……

別人家的田都是滂滂爛泥，特別是那些大溝邊的田地，既處上游又臨中央，往往第一時間就能讓田吃水，一下子吃得飽飽滿滿，日照充足，幾乎忘了正在鬧乾旱，而那些得「水」獨厚的秧苗也彷彿搶著生長，很快便急著抽穗，等著農夫收割之後再趕緊插下新秧。

儘管輪耕這個決議聽似公平，但是位於水路末端的石家水田，常常像掛在簷下的乾玉米，土塊乾裂，吸水難，一旦無法吃水，成了泥的又容易被耗乾，循環下去，就讓石老爹三番兩次去找村長理論，可是村長總說：一切依理究辦！這話聽起來更加令人生氣，無怪乎石老爹脾氣一被惹起來，衝突就發生，卻往往害自己受傷，加上年紀大了，床上一躺就是三、五天，田裡的活兒也被耽擱下來。

「我會想個辦法……」石圓圓自言自語，傷神的分靈因此更顯稀薄。

「妳能有什麼辦法？」松冕問道。

石方方理解松冕沒有蔑視，而是村人思想遵古，禁錮了女孩子的行動，譬如有一回姊姊去幫老爹扶犁整田，就被村人指指點點，村長後來還到家裡「說情」，說自古沒有女人使犁，開了先例就犯了禁忌，犯了禁忌便壞了福氣，而且不單單是石家一家人的福蔭，就連整個村子也被折損了庇佑。

「總之，我得幫忙……」石圓圓瞅著松冕，口風守得緊。

石方方悻悻然，突然跪地，握拳打擊地上。

「別這樣，讓大人去盤算，咱們也有任務……」松晃趕緊趨近制止。

石方方別過臉，疑惑地望著同伴：「你們到底在賣什麼關子？都瞞著我！」

松晃立刻收起話語。

「先沈住氣，你跟著他們行動。」石圓圓的口氣，意外鎮定，一派瞭然於胸，靜待事件發端。

「不行，別瞞我！」

石方方急切不已，無奈姊姊的分靈已經回返，薄霧消散。

「咱們叫人起來換班吧……」

松晃朝著光亮邊緣之外那無盡的黑暗走去，石方方的心情卻一如營火，燃盡的炭灰瞬間崩落，埋著等待被喚醒的火星。

＊

曙光漸明，日頭猶藏山後。

窸窸窣窣，躁動隱伏四方，石方方的臉探出帳篷，那個視線的高度只能看到無數隻羊蹄磨著泥土，預告即將接踵而至的一日，勞動自不待言。

「起來吧，該吃點東西。」松晃仍坐在昨夜的營火堆旁，手裡拿著東西啃嚼著。

石方方這才記起，昨日除了出發前吃的食物之外，一整天都沒吃東西，昨兒夜裡的氛圍怪得懸疑，似乎無人提起進食這件事情。

一下子便跳出帳篷，石方方拉出被褥和睡墊，胡亂捆成一團，拔出釘樁揭開繩索，卸下支架，縛束篷帳。這一切，石方方火速完成，為了不讓同伴詬病，也為了早點吞些乾糧，裹一裹飢餓的肚腸。

「羊媽媽！」石方方對著羊群大喊。

不一會兒，石家的母羊緩緩踱到主人身旁，石方方早已準備一只木碗，撫身跪膝，握住羊媽媽的奶頭，揉、捏、按、壓，擠出一碗的乳汁，大口便往嘴裡傾翻。

「給你擠一碗，好吧？」

「好啊，我來嚐嚐。」松冕因此也享受了溫暖的營養。

摸摸、拍拍羊媽媽的照顧，石方方輕推母羊，示意她回到羊群裡去，接著，他又從糧袋內掏出一個圓餅。

*

「怎麼沒咱們的份兒？」桑皮忽然冒出來，瞅著羊媽媽圓滾滾的體態。

「聰明如你，怎麼忘了帶隻活奶罐？」桂根也加入啃食圈。

一夥人慢慢圍坐在即將滅熄的營火堆旁，各自吃著圓餅。

「大家斟酌、斟酌，好好吃下這頓結實的早餐，往後一路上，只准喝兩口水，啃兩口餅，不要有人拿出什麼噴香的，害得大家提不起勁兒。」

桓寬威儀懾人，雖說根本沒有事先商量，當下卻沒有引出爭端，因為，男孩們一致認為那並非難事，也就樂意照辦。

「不吃……」桑皮一時語塞，悶悶慪慪的，顯然這決定壞了他的盤算。

石方方也沒將桓寬的「命令」放在心上，不喝水？不啃餅？怕啥！咱家羊媽媽的奶就夠了！此時，石方方總算理解娘堅持帶上羊媽媽的體貼與用心。

*

原本聚攏的羊群又各自被帶開，有的走前面，有些押後，走快的，形成一條線，斷斷續續；走慢的，有如一片草，歪歪扭扭都朝著同一個方向。

石方方和松晃挺有默契地走在一起，不疾不徐，不管時間怎麼前進，反正兩群羊湊在一起也不及桑皮的一半，似乎沒必要太緊張，何況還有石家兩隻精明的領頭羊帶隊，最後的這一個行伍因此顯得晃晃悠悠。

「告訴我吧。」

「什麼?」松冕心知肚明,只是故意裝蒜。

「什麼任務?」石方方有些怒惱。

「桓寬和桂根不都說了嘛,就是『生煙』呀。」

「怎麼可能那麼簡單?我們總不能一直鑽木取火吧,能有什麼用處呢?」石方方疑問重重。

「我想,試驗是必要的,從簡單的開始。」

石方方腦中浮現更多謎團。

*

「其實我也不確定『生煙』究竟能不能『種雲』,但是,我認為大人的考量是對的，只要有可能，都應該試試看。」

石方方抬頭望天，不解地問：「可是，天那麼高，一縷細煙如何播雲？」

「所以我們才要繞山。」

這話又更玄了，石方方必須承認他的想法太過浮面，好像燈不點就不亮，人家講話總是繞了好幾個彎，這麼大的道理用簡單的話講，而且還不一次說完，總是得推敲加上想像，真是令人洩氣又覺得難堪。

「盡人事，聽天命。」松冕嘆氣說道。

又來了！松冕的語氣就像村裡那個巫師，說得真玄。

石方方心裡嘟噥，「生煙」不難辨，或許「種雲」比較麻煩，但是提及「天命」？會不會太迷信了？畢竟，你們大人都叫咱們到這

「草山」上，表面上放羊、吃苦、磨練，實際上根本要拿咱們開玩笑！

「可惡！」石方方耍起性子，對著天地大喊：「雲來！雨來！我不要乾旱！」

松冕蹙眉瞪眼，不發一言，他搖搖頭，此時方才確信這傢伙真是個麻煩。

＊

開始爬坡，向陽之路，光輝燦爛，頭頂被曬得發燙，再踱一會兒，就怕連眼睛也會冒出熱煙。

「羊群是不是變多啦？」石方方氣喘吁吁，還把物體看成兩個影，山搖晃，地旋轉。

「我的腳快斷了。」松晃拱著身軀，壓著腿骨當做枴杖。

再撐了一會兒，總算不遠處出現幾棵樹，枝葉看來稀疏，勉強可以庇蔭，兩人互看一眼，打算暫歇半晌。

偏偏有人搶了先，過於期待的兩人差點兒暈眩。

尤其令人氣結的是，那桑皮揮起短柴刀，把單薄的樹木砍得幾乎裸裎，僅剩一支主幹。

桑皮接著削切兩根最粗的樹枝，一端尖銳插入土中，另一端利用樹枝分岔當做支架，橫搭一根高出半副身長的粗枝成為屋脊，另外幾支約莫等長的樹枝架上屋脊，斜放垂地，細長的樹枝依其長度，橫向穿織，形成屋簷般的棚架，枝幹交接處，多用些嫩條纏繞，先前被削下來的細枝、樹葉一一編入棚架，重疊而密實，一個堅固的棚子就算完成，足以遮蔭蔽日。

目睹桑皮如此賣力，石方方和松冕更加奄奄無力，放眼所及，亮光光的大地，燒炙如爐，令人揮汗難當。

*

「喂！你們過來這兒吧。」

石方方和松冕啞口無言，對看互說驚疑，這桑皮怎麼可能如此客氣？還大方施予恩惠？

兩人略顯猶豫，然而那棚架之下，卻是唯一的去處。

「真是熱啊！」桑皮拿出水壺，仰口灌水，然後挪了挪身子，讓出位置。

「不能一口氣喝那麼多水吧……」松晁拋落疲憊的身軀，坐在石方方和桑皮之間。

然而桑皮未予理會，逕自又喝一口，甚至做出滿足的呼歡。

「桓寬不是說過了嗎……」松晁再次點醒。

「管他的！別拿桓寬來壓我！」

沒想到桑皮瞬間臉紅脖子粗，奔出棚架，在空曠彼方張牙舞爪，來回嘶喊。石方方這才發現，沒有羊，沒有伴，這個桑皮丟下一切，獨自跑到這兒納涼。

「你的羊呢？」於是石方方問道。

桑皮斜眼瞟向兩人那些湊在一起卻仍顯稀疏的羊群，先是冷笑，忽然熱淚盈眶，跪趴，猛捶地上。

石方方和松晁見狀，立即衝出棚架，分別抓舉同伴的雙手，試圖安撫他的暴怒以及悲傷。

第三部　生煙

繼續前進，羊群走得懶散，幾個男孩各有心事，就連松晃和石方方也沒有走在一起。

釋放情緒之後的桑皮更加無精打采，像個快要洩盡氣力的皮球，垂著頭，與先前趾高氣揚的模樣判若兩人，也由於在人前露過哭喊的糗態，他幾乎不與石方方和松晃交談。

石方方和松晃倒也理解，兩人並未談論桑皮的失常。

山路不斷延長，繞過小坡，影子換邊站。

羊群此時竟然磨磨蹭蹭，不甚願意抵達下一個紮營地點，似乎是因為不遠處，飄來某種腥羶，以及一股濃煙冒竄直上，黑黑濃濃的，夾著一種焦灼味，明白說著：「不要靠近」。

就連桑皮也駐足躊躇，抗拒下一段行程。

松晃挺步而出，他回頭對同伴說：「我先去瞧瞧。」

*

桑皮趺坐地上，喃喃自語：「沒有必要這麼殘忍……」

石方方對於這個異樣的桑皮，實在無從體諒，因為他摸不著來龍去脈，無法判斷因果以及為何如此這般。

「根本就是個設計！」他甚至對石方方吐露真言：「早知道我就不來了，都怪村長跟我爹說得那麼偉大……」

「村長和你爹先打了商量？」石方方不解，什麼事非得這麼秘密？

「騙我當劊子手！幹嘛他們大人不自己來！還說這是敬天……」桑皮越說越激動。

敬天？所以這又跟「種雲」有關係了？

「你知道他們打算怎麼做嗎？」石方方聯想到那天晚上村長和大人們的密談。

「反正跟你無關！」桑皮說得斬釘截鐵。

「那麼跟誰有關？」

「他們要的是『雲娃娃』！」桑皮又拋出一個謎團。

*

松冕找到煙堆，桓寬、桂根和柏高都在，羊群密密麻麻，在煙圈之外聞聞嗅嗅，牠們對著草枝和土石吸氣又噴氣，似乎也被煙味影響了感官。

「好臭哇！」松冕不得不捏鼻又摀口，吐出一口氣，趕緊又問：「燒什麼東西？」

「枝葉和草皮，」桂根回答：「還添了油脂。」

「哪來的油脂？」

柏高搶先回答，然而，他只是以手指向羊群。

松冕瞪大眼睛，一半是不明白，一半是無所適從，鑽木生煙也許是個方法，牽涉到羊？這便令人無法聯想。

桓寬鎮靜如常，沒什麼特別解釋，只淡淡拋下一句：「巫師說的。」

松冕當然瞭解這句話的箇中意涵，巫師的話，猶如諭令，凌駕一切考量。

桂根和柏高也未置一詞，然而，這與桑皮有何干係？

*

「是他的羊？」松冕終於理出了端倪。

桂根點頭。

「一隻？」松冕此時反而覺得桑皮有些大驚小怪了，村子碰到節慶，往往大肆殺雞宰羊的，此際，單單一隻羊羔，怎麼會惹他如此哀慟？

「這是第一隻犧牲。」

「啊？」松晁張口結舌。

「一切遵照巫師囑咐。」桓寬古板又嚴肅。

「意思是……還有下回？還要更多？」

桂根和柏高同時點頭，不見絲毫憐憫之色。

「喔……」松晁望著羊群，推敲同伴的話，漸漸覺得悚懼，恍然失神，彷彿看見羊羔已經一隻不剩，不禁在大熱天裡打了冷顫，再瞧瞧眼前這個三人的漠然，總算能夠理解桑皮失心抽瘋的舉動。

「沒有別的辦法了嗎？」松晁反問。

桂根和柏高雙唇緊閉，桓寬則撂開一個事實：「這個世界是大人在管。」

＊

黃昏讓日間的衝突和驚詫降溫，另一個夜晚踱步來臨。

松冕仍然和石方方共同守候第一班值夜。

黑夜總算靜默下來，同伴們各自回帳入睡，石方方撐住好精神，等候姊姊的分靈。

「方圓合，靈分身。」

石方方輕輕扣合方石與圓石。

這一回，松冕壯大膽量，聚精會神，坐在火堆旁邊，適時添加柴火，卻也偶爾東張西望，極目探入黑暗，想要弄懂那霧狀的靈魂如何來往。

挨了許久，兩人的沉默已屆底限。

終於，一層薄薄的白煙在營火堆旁忽隱忽現。

「姊姊！」石方方壓低嗓門卻是熱絡叫喚。

石圓圓的靈魂竟然一身襤褸，她不安地在身上抹抹擦擦，試圖遮掩一些傷痕。

「怎麼回事？該睡覺的人怎麼會這副模樣？」

石圓圓羞赧低頭，據實以告：「我偷偷去了一個地方……」

*

石方方想起自己在家的行徑也相去不遠，總是偷偷去某些地方，甚至連石圓圓也不知道，因此，石方方不再追問。

「我去了水閘口。」石圓圓倒是自己招認。

「什麼？那個地方很危險啊！我可不敢去哪！」石方方掩口震驚。

這下子，石家姊弟兩人自曝行蹤，聽在松冕耳裡，終於證實村人的懷疑與推測。

「果然！你們就是偷水賊！」

「胡說！」石圓圓氣呼呼地反駁：「我們只是去拿應得的！」

「破壞協議，這樣會害了大家。」松冕堅持多數公義。

「不然咱們家的田快乾了……」石圓圓有些哽咽。

是啊，石方方同樣滿腹悽愴，爹的田沒水可用當然不公平，苦的盡是娘！她得想方設法，攢積大地的點點滴滴，譬如她用塑膠袋罩住矮樹的枝葉，過了一夜，便有水珠凝結在袋內，全部收集起來，也不到半桶，卻能輪流滋潤田邊一角地裡耐旱的地瓜。

為了少用灌溉水，石方方看著娘在樹林裡挖洞，從林中移植一些長了木耳和菌菇的木頭，借助地下的潮濕，給自家的飯桌多添一道菜餚，石方方佩服娘的堅毅，幫不上忙，只能少吞一口飯，讓肚子留下空間，多忍一些氣。

*

山頂的「天鏡湖」是天空的鏡子，反映老天爺的臉色。

「天鏡湖」也蓄備著村人的生命之水。

然而，湖裡的水位年年下降，近年來，每一季的農耕用水只好實施分配，引水道自高而低，縱的是大溝，橫的是小渠，溝渠之間設有水閘，放流時間有所限制，不少偏遠的田地往往吃水不足。

石家的情況尤其嚴重，稻作歉收卻被視為廢耕，石老爹屢次向村長抗議，總被視為無理取鬧，更讓石方方傷心的是：村裡有婦人甚至譏諷石大娘把田壠拿來種花，活該少了米糧！

看見老爹屢屢帶傷回家，石方方悻悻然在心中抗議：給我豐沛的水，我耕給你看！我一定能收成大把、大把的稻穗！

然而，事與願違。

當石大娘默默地將花田埋毀時，石圓圓也只能跑進小樹林躲起來，偷偷擦淚，替娘擰了一把留戀和辛酸。

明知不能干預天意，石圓圓仍然利用分靈的能力，趁著天黑，趁著村人入眠，偷偷打開區段水閘，也算是無計之計。

「有沒有被發現？」石方方追問。

「應該沒有。」

煙霧狀的靈魂如風御行，難以追蹤，當然也得肉體之軀健步如飛才可以，石方方只是懊惱，自己早該去做這事兒，自己最能跑了……

＊

「我想……你們都錯估了……也做錯了……」松冕另有隱言。

石方方與石圓圓頓時僵住，開始思索那話裡的虛實以及背後的機關。

「你？怎麼知道？」石方方出言咄咄，立即移坐同伴身旁，打算挖掘真相。

松冕卻低頭躲閃，十分專注於整理火堆，故意不講。

「告訴我們吧……」一縷虛飄飄的形體也挨近，等著聆聽。

「這……」松冕手持枯枝攪了攪灰燼，扒到一旁，然後添置新柴，嘴裡支支吾吾地唸著：「其實我也不太清楚……」

可惡！明明就是有心隱瞞！

石方方無可奈何，無法靜心坐定，於是起身踱步，卻又擔心自己的激動會驚醒其他同伴，因此用力握拳抓掌，怒目咬牙。

而那一團煙霧似乎因為某種原因難於久候，不久也消失無形。

＊

桑皮不吃東西。

「別嘔氣，路得走下去。」桂根冷淡說勸，並非動之以情。

男孩們在晨曦裡，悶頭啃著兩口糧，喝了兩口水，為了一天的體力，也依照約定。

石方方自顧自喚來羊媽媽，用木碗承接溫熱的羊奶，咕嚕、咕嚕飲下，雖然松晁昨夜未吐實情，石方方不想追究，也給了他一碗。

「喝一碗羊奶吧，順順喉嚨，再嚼餅，會比較好吞。」

松晁欣然接受，一飲而盡。

石方方又擠了一碗羊奶送到桑皮面前。

桑皮猶豫。

「為大局著想，不是我們，還有下一批，你想清楚，遲一天，多耗一點，那麼廣袤的梯田，如果都乾了、都裂了……」柏高加入勸局。

「別說了！」桑皮搖頭摀耳。

「小心！」石方方趕緊移開木碗，以免珍貴的羊奶被打翻。

「領了人家的好意吧，把奶喝下，趕緊吃，吃飽了好上路，瞧，我們還沒得喝呢！」桓寬口吻嘲諷，竟使他的板臉上出現和善的曲線。

*

「今天，大家一起出發。」桓寬想要整編隊伍。

好極了！我正有此意！石方方在心裡叫好，他私下盤算，無論如何不能再殿後了，非得跟著桓寬他們，好歹都要親眼目睹事情的始末。

桑皮不再堅持，從石方方手上接過木碗，抬起下巴慢慢喝光羊奶，然後將碗遞回，甚至揚起唇角瞧著石方方，無聲表達他的謝忱。

「可別擅自脫隊哪！」桂根意有所指，瞟向桑皮。

「瞧什麼瞧！咱們等重頭戲，看誰先逃！」桑皮橫眉瞪眼，恢復刻薄的舉止和言談。

眾人無語以對，卻相視露齒，輕鬆的氣氛因而伸展開來，是嘛！上路才有活兒，何況，對於石方方而言，還有一堆謎團！

如何得解？

石方方費力想猜，卻毫無線索，乾脆放空心胸，迎接未知，至少桓寬的嚴厲以及桑皮的尖酸已經漸漸少了傷害力，跟其他人相處也算容易，後面的路程，大概也不至於太難走，這「草山」之行，放羊是假不了的，其餘的，走著瞧吧！

＊

掩埋營火灰燼之後，羊群和男孩們同時出發。

朝日把草苗喚醒，一時之間晨風徐徐，讓人錯覺空氣裡有些濕潤，於是仰頭觀天，期盼能找到一絲半縷的雲影徘徊。

日出有雲，無雨即陰。

男孩們的幾個腦袋竟然同時閃過相同的念頭，希望大人們巴望的這一句諺語說得準。

然而，越走，天色越明朗，越走，空氣越乾燥，土石之間偶爾鑽出幾撮小草，彷彿都像為了躲避陽光，而不敢將葉脈伸長。

桓寬拱掌哈了一口氣，感覺折回的氣息脫掉人體的濕潤，還有一絲絲水分，於是轉頭告知距離最近的柏高：「就選這裡吧。」

＊

柏高停下腳步，向外觀察地勢，隨即附和：「行！」

「停！」桓寬發號施令的架勢，讓人不太容易違抗。

「這裡合適嗎？」桂根也很機敏，立刻進入決策核心，並且提出意見：「我認為山勢還不夠高，走過晌午吧。」

「我建議先試試，如果效果不好，走高一些，再來一次。」柏高也有所堅持。

「先數數有幾管吧……」桑皮說出重點。

「有理！」桓寬點點頭，吩咐眾人：「把你們的東西亮出來吧。」

只見桂根和柏高從羊隻的背上卸下兩只袋子，兩人小心翼翼提拿，然後輕輕緩緩放置地上，解開袋子束口，慢慢取出袋中之物。

是飛火炮！

「帶飛火炮幹嘛？」石方方大喊，繼而拍掌大笑，說了一句沒頭兒的玩笑：「把羊嚇死啊！」

無人搭話。

幾雙豎目橫眉一起瞪人，有如萬箭齊發。

石方方一時震懾，快快收斂了嘻嘻哈哈。

＊

約莫數十支飛火炮擺置地上，以炮紙的顏色區分，一邊穿黃衣，一邊裹白皮。

「所以，先在這裡試放幾響？」柏高提問。

「就這麼辦。」桓寬點頭。

「留下四管白皮。」

「其他的先收拾妥當。」

桂根和柏高又各自將飛火炮收回袋中，確實綁緊束口，隨即掛回羊隻背上。

只見桓寬獨自走到前面空地，站上高處，他朝四方打量，審視低處，他撥整草枝與土石，繞回原處之後，抓起四支白皮飛火炮，又走向空地，停留四個定點，然後將四支炮管安置妥當。

*

「火柴拿出來。」桓寬下令。

除了石方方，男孩們從自己隨身的背袋中掏出火柴盒，顯示足以擔當此任，也有配合的意願。

「桑皮，把你的給他。」

「為什麼？」桑皮不服。

石方方則感到詫異，本來以為自己會被排擠，只有一旁看戲的份兒，沒想到這次任務竟會派給自己。

「讓他試試。」

「他可以嗎？」桑皮質疑。

「只是試放，先做觀察，再為下回估算。」

「所以，你要幫我盯住。」桓寬又說。

桑皮負氣的嘴角總算稍微揚起，因為，這個解釋帶有恭維的味道。

石方方則是覺得自己果然無足輕重，不禁哼了一聲，心裡認定這些人反正打算一路隱瞞到底，芝麻之事才願意讓他插手，因此又晃了晃頭，一副不在乎的態勢。

「認真點！不能大意！」松冕看透石方方的輕率表情，立即予以嚴肅糾正。

桂根和柏高也同樣給予注目提醒，隨即各自走向炮管放置之處。

桑皮這會兒已經神情平靜，他順從桓寬之意，遞給石方方一盒火柴，再度擺出趾高氣昂的架子問道：「你，會用嗎？」

*

當然會用火柴！

對於石方方來說，火柴連結遊戲，而且是瞞著大人去玩的，更有趣！

石方方想起娘的廚房裡永遠擺著一盒火柴，而且一直是剩下半盒，好像永遠用不完似的，於是石方方偷偷取出一支。

然後，找個地方用火。

他到屋子後面的小樹林，先溜進石大娘的地下洞穴，那兒是石大娘種養食用菌菇的地方，石方方挑了幾棵肥美的菇傘，再到林子裡的樹圈，日光從天際集中灌注而下，周圍陰陰鬱鬱的樹影，恰好營造出空地上光霧迷濛。

石圓圓已經等在那兒，地上的小坑挖好了，枯枝與乾葉塞入坑內，綠枝橫豎交錯，搭成了一個網架，就等石方方的火柴棒。

「哪，漂亮吧？」石方方向姊姊炫耀美麗的小菇傘，然後遞出兩棵，一起分享。

「不能摘太多，免得被娘發現。」

「嗯！」

姊弟兩人相視而笑，各自將自己的份兒擱在網架上。

*

「我來點火！」石方方喜孜孜地拿出火柴棒，猶如舉著稀世珍寶。

「單單有火柴棒怎麼點火呀？」石圓圓搖頭取笑弟弟，不忘教導：「你得要摩擦！斜著拿！」

「瞧我！這便是做賊的心慌！」石方方譏笑自己，拿東忘了拿西，全因為做賊心虛。

「我去找個什麼東西來擦火。」

在樹圈附近找了一會兒，石方方聳聳肩頭，無可奈何。

「試試你身上那塊石墜子。」

「會不會小了點？」石方方抓起石墜子放在掌上，瞧一瞧，忽然有了靈光：「對啦，不如把妳那塊也拿來湊湊！」

「好主意！」

於是兩人取下頸上的項鍊，想要將兩塊白石墜子拼湊一塊。

剎時間，一陣煙霧突然乍現，卻不見風吹草動。

石方方突然大叫：「姊姊，妳在哪兒？」

*

「我在這兒呀！」

沒錯！是石圓圓的聲音，可是見不著人！

石方方伸手摸索，四周空蕩蕩的，除了那霧團……

「我能看見你呀！」

「真的？妳在那團霧裡面？或者……妳就是那團霧？」石方方不敢置信。

「我也不清楚！只覺得輕輕飄飄的……」石圓圓的聲音聽起來興奮多於害怕。

於是那團霧便繞著樹圈空地繞呀轉的，彷彿跳舞一般。

「不管啦，我趕緊點火！」石方方此時腦中只惦記著品嚐菇傘。

就著兩塊墜子拼成的方塊白石面上，石方方拿起火柴頭劃出火花，然後迅速置入坑內，枯枝乾葉旋即燃燒，樹枝網架上的菇傘因為受熱，釋放出淡淡的野味香。

「趕快！趕快！一定香噴噴……」

＊

石方方逕自顧著燒烤香菇，全然忘記姊姊的去向，一直到烤熟香菇，一直到盡情飽嚐了兩人份的美味，回到家，才發現石大娘板著臉孔，就等在前庭，一旁的石圓圓戴著花臉一張，身上還有多處髒兮兮的破損，不敢吭氣，好像戲裡犯罪的，等著被判罪，流放蠻荒。

「項鍊給我！」石大娘隱忍怒氣。

乖乖交出兩人的項鍊，偷偷瞄著石大娘，石方方以為該罵的是自己偷了火柴，怎麼會扯上項鍊？

「有沒有人看見？」石大娘的神情變得緊張。

「應該……沒有……」

石方方心裡揣想，那個林子應該算是咱家的吧？劃地為限，不會有人亂闖。再說，那處小樹林實在偏遠，沒有別家的孩子願意大老遠跑去那兒，因為那兒沒得玩，只有幾棵樹密密麻麻圍成一個圈！

「答應我……」石大娘瞬間軟了心腸和語氣，幾乎用著哀求的口吻告訴一對兒女：「別再玩『合石』！千萬不要……被人知道就……」

什麼是「合石」？

「合石」是怎麼回事？

石方方摸不著頭緒，「合石」又跟姊姊有什麼關係？

看著石大娘絮絮叨叨，一臉憂心如焚，石方方很想追問下去，卻被姊姊揪住手臂制止，然後聽到她在自己耳邊輕聲細語：「先別問，我以後再告訴你。」

*

後來，石方方乾脆把火柴全部偷去，而且先編好了謊，如果被娘問起，便說：添柴的時候，一個不小心，整盒掉進爐子裡啦！而且還要誇張地形容，說那一團無聲的「轟」如何嚇人，以及那一團爆亮的火球多麼可怕，害人踉蹌，差點兒倒栽蔥。

石方方以為理由如此周全又逼真，一定可以淡化娘的怒氣沖沖，讓石方方十分意外的是，石大娘根本沒問，原來爐子上頭又生出一模一樣的半盒火柴，好像自己沒去偷！

至於石方方偷去的那半盒，先放進了塑膠袋裡裹包起來，然後在樹圈那兒挑一棵枝幹之間的凹洞藏匿起來，他打算那半盒火柴就慢慢用來烤香菇……

然而，稻子歉收，連石大娘地下洞穴的菌菇也因為土地乾旱而不發，石家人得把肚子勒扁一些，漸漸習慣不吃太多，石方方便也斷了烤菇的口慾。

＊

「甭給，我自己有！」石方方故做鎮定地掏出自己那半盒，心裡得意，想自己出發放羊之前跑去樹圈那兒取下火柴盒，果然是對的！

「別折斷！」桑皮善意提醒：「捏著火柴棒，使力不能太猛。」

石方方點點頭，把偷火柴烤香菇的往事再度收藏，這會兒，加上四支飛火砲，他倒想看看火柴棒能試出什麼花樣。

「聽我口令，一起動作。」桓寬要掌握每一個步驟。

桑皮與石方方走向另外兩處定點，石方方望了望這一處空曠，草似乎不長，地勢稍高，反差之間便露出一道不甚明顯的凹溝，恰好將羊群隔離在外圈。

白皮炮的竹棍插入土中，一條導火線自然垂下。

「檢查導火線。」

石方方聽從指令，蹲下身，用手指捻了捻、順了順導火線。

「檢查炮管。」

松晁則輕微搖動竹棍，確定飛火砲站立得穩穩當當。

「後退一步。」

四人聞聲同時向後踩出一步。

「準備。」

桑皮忽然舉起右手，希望桓寬暫緩片刻，桓寬點頭會意並且配合，他便快步跑到石方方身邊，檢查火柴棒與摩擦面是否確實備妥，他甚至用兩手比劃一下，顯然擔心石方方無法如實操作。

「別小看我！」石方方低吼。

桑皮嘰哩呱啦說了一串抱怨，石方方不予理會，也沒人聽懂，因為大夥兒將全部注意力集中於飛火砲上，桑皮只好悻悻然回到桓寬身旁，一切還是丟給桓寬發落即可。

＊

四支白皮飛火砲已經準備就緒，桂根和柏高負責較遠的兩個設置點。

松冕與石方方在靠近羊群這邊，雖然羊群已經被趕到一段距離之外，桓寬仍然擔心乍響的炮聲會將羊兒驅散，於是臨時招呼桑皮，讓他去把羊群再趕遠一點。

「你就守在羊群旁邊，一面護羊，一面注意煙的方向。」

這桓寬是怎麼回事？

竟然把我桑皮支開？

桑皮心裡嘟噥，行動上卻完全聽從，畢竟，他十分瞭解，事情已經蓄勢待發，多說無益，索性落得輕鬆，將羊兒圍一圍、兜一兜，讓牠們跟著自己退遠一些，免得被飛火砲嚇得四處亂竄。

石方方的目光在火柴與飛火砲之間急速游移，他在心裡反覆告訴自己：別緊張，小事一樁。

「擦火！」桓寬高喊。

火柴頭一經摩擦，星火閃燃，白煙冒出。

「點燃！」

*

四個男孩幾乎同時將小火球觸點導火線末端。

微弱的吱吱聲沿著導火線竄高，除此之外，一切靜寂。

咻……

咻聲劃過天空，那是飛火炮極力向上衝。

倏忽間，時空猛然塌陷，一道斷崖吸納萬物，下一瞬，萬物爆出，其撞擊便在四個設置點方圓之內爆響，天空綻放一片煙霧，下一瞬變化為塵粒，或浮游或聚合，隨後必定將會慢慢落下，停置地面。

因此，就在飛火炮沖天之際，四個男孩用著最快的速度跑回桓寬附近，不敢稍有喘息，屏氣凝望。

*

煙霧迷漫，僅僅半晌，藍天漸漸回復本色，餘留的白煙讓人錯認為雲，再一個細看，的確，像被撕開的棉花，一片薄薄的白絲懸浮著，看來不足以負載水滴。

試驗，顯然未如預期理想。

大家心中有數，當下沒有多談，只是繼續趕羊。

*

進入河谷。

只是流水不淌，河床崎嶇，岩石密佈，尖的石頭多過圓的，因此這一行人個個腳下警覺，為免踩痛了腳底，走起路來便顯得扭扭閃閃。

「可惡！」桑皮已經悶出一肚子氣，氣這河谷太長，氣那些石頭沒完沒了，偶爾踢一下腳，卻被硬岩反擊，儘管疼，只能咬著牙吞了自找的痛。

「歇會兒吧，前面有處蔽蔭。」松晃發言提議。

男孩們停下腳步，暫時忘了石頭陣，翹首望去，果然有幾片重疊的大岩，再抬頭看天，不倦的日光耀耀騰騰，無意稍減！

眾人因此想通了：何苦堅執一口氣完成一天的腳程。

念頭一轉，體力和毅力竟然瞬間耗損大半，再也無力為繼，歇憩片刻變成共同的意願。

「好吧。」桓寬同意。

鬆了一口氣，男孩們突然使出猛勁趕羊，只為快快歇喘。

羊隻依著岩石線駐足，也算分到一些遮蔭，男孩們則集中於石塊交接的陰影裡。

*

「喔……」桑皮大聲喘息，他坐在地上，伸直雙腿，雙掌向後撐在地上，就差一個仰躺，可見疲累不堪。

其他男孩從身上的囊袋取出飲水，神色矛盾地控制著嘴巴的啜水量，想多喝一些，怕水飲盡，無處補充，然而，僅喝兩口，實在無法解渴，就連舌頭也不滿。

一夥人不約而同鼓頰，讓水汁在口內打轉，勉強滿足且抑制了「渴」望。

＊

幾個疲乏的身軀躲在岩石蔽蔭之下，雙腿癱軟，日頭高高在上，羊群靜息，而欲振無力的，還有「種雲計畫」。

四支飛火炮並未爆出希望。

「那白皮炮……裡面裝了什麼？」石方方再也按捺不住，決定問個清楚。

「鹽。」柏高一字帶過。

那麼簡單？石方方至少知道，炮管那樣擺、那麼點，就是不單純。

「很簡單，好像種田，一秧一苗、一壠一埔、一町一畦、一塊一畝、一片一面，然後就變成一座『米山』……」桂根閉著眼睛回答。

這一串形容讓石方方也陷入想像，視線失焦，目光放遠，彷彿自己便站在天上，俯視一整個世界的生氣盎然，春夏秋冬，五彩繽紛，稻麥蔬果，鳥語花香，愛種什麼就種什麼，年年豐收，物物交換，哪家不是豐衣足食？哪裡不是笑聲朗朗？

水流動，人活動，秧萌動，一座「米山」的命脈博動。

*

然而，現在田不能種了，卻得「種雲」？

而「種雲」，要撒鹽？

「讓我來告訴你。」柏高注視石方方，因為疲累稍解，口氣也顯得和善。

「白皮炮管裡面包著鹽粒，最好碰上暖雲，鹽粒吸收雲中的水分，凝結變成大雲滴，夠多了，就會降雨。」

「可是，雲單薄，再多的鹽也沒有作用。」桂根插嘴，他依然閉著眼睛，看來不僅是身軀倦累，心情沈重，好像抬不起的眼皮那樣。

「除了雲層厚薄，別忘記，風向也很要緊，此地的高度不及咱們『米山』的一半，不一樣……不一樣……」桑皮聽似叨叨唸唸，事實上，他的確點破此行兩個關鍵性挑戰。

原本極想一窺究竟的石方方，聽完同伴的解釋，因為不懂而語塞，懊惱自己的知識淺薄，這些跟自己年紀相當的男孩知道的還真不少，難怪被大人委以重任！反觀自己，雖然一心一意想要幫爹的忙，卻向來只會莽莽撞撞……

「那麼……」石方方決心加把勁，全力參與這個行動，於是積極提問：「接下來，我們要怎麼辦？下一步計畫是什麼？」

＊

「爬到山頂再說。」

桓寬此言一出，就像潑了一盆冷水在石方方頭上，到山頂？現在才爬一半哪！

「我也贊成這樣，與其浪費飛火炮，不如集中火力。」松冕陳述己見。

「我反正做好心理準備，最後就是連那些羊……」桑皮咬唇吞話，面容忽白忽紅，刻意控制情緒波動。

石方方見過桑皮的另一面，此刻並不覺得詫異，然而，那些羊群也在計畫之內？搔搔頭，石方方迷迷糊糊地衡量，究竟自己的份量比較重？還是羊群？

「先別管羊，」柏高提醒：「我們還有東西。」

「喔？」石方方驚愕地看著同伴，除了飛火炮，還有什麼呢？

「根據我的估算，」桓寬解釋：「四支飛火炮的設置點相距二十步之遙，中間那一片區域，大概接近『天鏡湖』的十分之一，也就是說，真正的規模所需要的飛火砲數量……必須增加十倍之多才行！」

「當然！此處，我們遇到的是暖雲，使用白皮炮當然沒問題，可惜雲太薄，沒有作用，等到了山頂，看看天候，再決定怎麼辦。」柏高儼然就是桓寬的智囊。

桓寬點點頭。

「時間算準。」桂根再度拋出一個關鍵字眼。

*

「的確，巫師再三叮嚀，時間非常重要！」桓寬的眼神竟然露出憂慮。

「況且，兩邊最好同時進行，希望可以一舉功成。」柏高提振精神，一個提勁兒便起了身，拍拍屁股上的沙石，整理衣裝。

「走吧！」柏高催促，此時的他換上一臉神清氣爽，甚至鼓舞同伴：「咱們同心協力！」

桓寬立即以行動附和，走向羊群，揮揮手臂，拍拍大掌，靜息中的羊群全被喚醒，狀似半睡，你推我擠，慢蹄拖路，繼續爬山。

*

既然走在河床之上，水呢，總不會乾涸殆盡了吧？

躲過正午的炙陽，幾個男孩壓下衝動，並未吞掉飲水，心中不免企盼水源早早出現，可以喝個痛快，順便洗個澡，暫時卸除身上所有負擔。

「不要再走河床了！」桑皮終於抗議，他的腳底幾乎一碰就發疼，咬著牙關也騙不過肉體的反抗。

「這是最直的路，最快……」柏高說明。

「我管你快不快！我就是走不動！」桑皮又拗起性子。

石方方此時也幾乎軟了腳，但是他不好意思明講，方才決意一起行動的，除了知識上的欠缺，他可不能連毅力也輸上一大段……

「改道！」桓寬同意。

無人再提異議，顯然崎嶇的河床相當折磨，所以這些男孩寧願足履平地，路途拉長也沒關係。

男孩們於是趕緊將羊群驅離河床，才一離開，羊群竟也拔腿亂跑，興奮之情不亞於男孩們。

接下來的午後，一行人步履如飛，情緒平和，原本因為改道而拉長的路程，竟然在輕鬆、愉快的節奏之下，沒有受到延宕，目的地，依舊等在計畫時間之內。

＊

營地已經備妥，夕日餘暉還透著光。

因為疲累，男孩們早早鑽入自己的帳篷。

第一班值夜仍然交給石方方與松晃，幾天下來，默契逐漸形成，分工的輕重也決定角色的份量，這第一班的職務顯然不是位居權責核心，但是對於石方方來說，由於姊姊的分靈只能在午夜露形，他根本不在意被視做微渺，甚至相當樂於維持現況。

「謝謝你。」石方方低頭撥弄枯枝，小聲地說：「謝謝你，幫我隱瞞姊姊的事。」

「喔……」松晃抬頭看了同伴一眼，隨即垂頭低語：「他們其實……都知道一些……」

「怎麼可能！他們又沒見著……」石方方大吃一驚。

「出發前便有耳聞，現在我總算……眼見為憑。」

甩甩頭，醒醒腦，石方方無法置信，怎麼從頭到尾我都被蒙在鼓裡！

「快說！快告訴我！全部！」石方方此刻毫無顧忌地嘶吼。

*

石方方以為其他男孩受到驚動，必然起身詢問，然而，出乎意料的，沒有半個人為此醒來，如此更加可以證實，松冕所言不假，所有人都知道真相，除了石方方！

「我們在出發前就被告知，帶什麼？做什麼？去哪兒？假使如何應當如何……總之，桓寬那兒有錦囊，他最清楚，我根本沒多想也不必多說，跟著桓寬，全聽他的，反正啊，這一次放羊之行，啥都不做也行，就是得『種雲』！」

松冕說了很多，但也只能說明前面的路他是依令行事，卻未全盤托出。

「既然什麼都不告訴我，何必有我？換做別人都行，為什麼選上我？」石方方再問。

「雲娃娃。」

不認得！石方方以為，這「雲娃娃」是村裡某個人，他反正沒見過！

「你來了，『雲娃娃』自然就會出現。」

這個松冕怎麼越說越玄奇了，我？石方方？跟「雲娃娃」有什麼關係？

石方方哼笑一聲，走向黑暗裡，心想或許姊姊的靈魂即將出現，想自己待在這兒好像沒事人，真沒意思，要能像姊姊一樣穿梭兩地該有多好……

「你的姊姊，就是『雲娃娃』。」

第四部　方輿石

面對闃黑，石方方想像，「米山」的家裡已經入睡。

周遭安安靜靜，世界酣眠。

白天的憂惱自動告退，它們全都不來煩人，身心總算自由自在，而石方方最喜歡趁這時候溜到小樹林，進入樹圈，放肆軀體，或坐或臥，或舞或蹈，或跳或躍，如果月光來訪，他便仰頭暢談，對月講講石老爹的氣憤，說說石大娘的委屈，提一提姊姊的善體人意，或者談一談自己想要做的事情。

總之，這座「米山」，好美麗，他要一輩子住這裡，像爹一樣，挖渠種田，割稻碾米，閒暇時，坐在「米山」，遙望「草山」，想著未來也該讓長大的男孩子去放羊，接受獨立生活的磨練……

瞬間，天旋地轉！

石方方感覺自己的後腦勺猛然被狠狠敲了一記！

等到意識稍微清醒，石方方整理前情後續，原來他在午夜憶起家人，想像未來之際，松晃在他背後說了一句：「你的姊姊，就是『雲娃娃』。」

石方方無思無緒。

石方方渾然不覺姊姊已經現形，也不知道自己何時坐到營火邊上去，松晃為什麼要幫他撐住臂膀和身體。

「事實如此。」

這回是女孩的聲音。

石方方耳朵裡盡是轟轟的鳴聲，捉不準是誰在說話、誰又說了什麼。

＊

「他沒胡說，我的確是『雲娃娃』。」

石圓圓的靈魂鎮靜如常，不是渺渺忽忽，此時此刻，那團白霧的厚度甚至接近一個真實肉身。

「而且……」

然而，支支吾吾的聲音有些猶豫，深怕一字一句彷如劈雷，轟擊來不及防備的心緒。

「而且，你也……」石圓圓嚥下哽在喉間的口水，然後一字一字說清楚：「你也是『雲娃娃』。」

松晃繃緊身體，準備隨時出力護住石方方，石圓圓則是焦急地守在弟弟面前，擔心他崩潰，無法接受事實。

「哈、哈、哈……」

沒想到石方方突然起身狂笑，繞著營火指天劃地，抱頭又敲額，捶胸又頓足，想跟自己對話，卻又不知從何說起。

「胡說！」

大吼一聲之後，石方方直逼松晃，目露凶光，掄起一個拳頭，顫顫抖抖，卻又緊緊抓握拳頭，用著所有力量克制衝動。

「你……你們在……開我玩笑吧……」

松冕只是直視石方方，不冷不熱地說：「你可以去問任何一個人，他們的回答都跟我的一樣。」

「說不通！說不通！我又不能像妳那樣變成霧！」石方方看看姊姊，目光充滿懷疑。

＊

「我不是霧啊……」石圓圓苦笑，望著孿生弟弟的表情，半信半疑，半驚半喜，也許自己當初被告知的時候也是相同的一副面容吧。

「孩子啊，你們是『雲娃娃』……」

石圓圓記得，當初石大娘也是這樣告訴她。

「小樹林裡的樹圈，在那兒，娘發現你們……」

「我們？」

「是啊，兩個幾乎一模一樣的娃兒，瞧個仔細，一個女、一個男，脖子上套的項鍊也不一樣，一個墜子圓圓，另一個方方，所以就給你們取名『圓圓』、『方方』，冠了石家的姓。」

「胡說！胡說！咱是娘親生！」

「一樣！一樣！都當做親生養……」石大娘的語氣委屈又驕傲。

「既然這樣，就別說起這些往事了，以前、現在和未來，我和弟弟，咱們全是石家人！」石圓圓篤定地安慰娘。

「可是……巫師說不行……」

「什麼意思？巫師怎會知道……」

石圓圓知道巫師統管所有，事不分大小，巫師號令所有，人不分老少，只要巫師開口，沒有一張嘴巴膽敢反駁。整個村子裡，唯獨石老爹不去參加那些儀式，難道……巫師藉故來對付石家？

「巫師說，這幾年不下雨，全因為『雲娃娃』流落人間，得送回天上……」石大娘嘴唇微顫。

*

雲娃娃，兩個，從天上跑到人間遛玩。

「把我們兩個都送回……」石方方似乎已經接受事實，瞬間冷靜下來，轉而關注未來的發展。

「接下來，我把自己知道的告訴你……」松晃也幫忙拼湊真相。

松晃回想那一天晚上，村長召集祕密會議，巫師挑選的幾個男孩也到場，正是桓寬、桑皮、桂根、柏高以及自己。

「巫師指定桓寬保管錦囊，而且囑咐我們照辦，所以，我們爬山，在不同的高度用不同的東西進行試驗，目的就是要『種雲』。」

「我呢？」石方方問道：「根本不需要我在這兒啊？況且，我老礙事……」

「當然！我們都這麼認為，甚至斗膽建議巫師……」松冕尷尬承認。

向巫師提建議？

石方方呵呵一笑，心裡暗想：可真是大膽，誰敢對巫師說東道西！不過，回頭一想，顯然自己真是個累贅，逼得這些人必須老實講……

「巫師只是說，協議如此，當他也是隻羊……」松冕忽然閉口，突然意識到石方方的臉色脹紅。

「羊？當我是隻羊！」石方方又忍不住咆哮。

越想越惱，卻也越想越膽寒，羊？那一天不是拿了桑皮的羊來做試驗？並非祭祀的犧牲，而是把羊身當做助燃！

「難不成也要把我丟進火裡！」石方方突然暴怒，丟下松冕和石圓圓，衝進濃重的黑暗裡去。

*

隔天早上，石方方的帳篷沒有動靜。

男孩們起初並未察覺，只是逕自嚙咬自己的兩口圓餅，緩緩吞食，延長進食的滿足感。

「怎麼回事？這人不見了？」桑皮首先發現異樣。

「隨他去。」松冕知道緣由，但他覺得不須掛慮。

男孩們因此好整以暇收拾整裝，然後朝著預定目的地前進。

走著走著，一片灌木叢稀稀疏疏，白白綠綠，粉屑狀的質地，說明此地也是久未降雨。約莫中央地帶，有幾隻羊偎偎倚倚，數量不多，大抵就是石方方所帶的，然而，未見石方方身影。

幾個男孩站在原處，以目光向四處搜尋，空蕩蕩的一片矮叢，毫無遮攔，看到最遠處，一條山稜線直通頂峰，而在山頭與灌木叢原野之間，地表略見草色，散佈著一根根高低不等的綠柱，正是仙人掌。

石方方在哪兒？

「這人，早說了是個累贅！」桂根首先抱怨。

「找不找？」柏高聽似詢問所有男孩，其實只等一個人回答。

＊

桓寬一語不發，想必心中正在琢磨、盤算。

「邊走邊等，剩下這一小段，他應該不會迷路。」桓寬做出決定。

於是，男孩們順便帶走石方方的羊群，曲曲折折地前進，桓寬與桑皮在前面領路，其餘三人注意羊隻，避免因為循著叢間曲徑而使羊群越走越散。

「我猜，他回去了。」松冕突然迸出一句話。

「怎麼？他想回去幹嘛？」桂根的語氣帶著輕蔑。

「他會壞事。」松冕預言。

桂根和柏高不予置評，兩人聳聳肩，此刻，他們只想把羊群帶到山頂。

＊

前一晚，石方方在自己帳裡輾轉難眠。

協議？犧牲？非得回去查個究竟不可！

「方圓合，靈分身……」石方方於是不停默念，他決定闖進問題的核心。

一陣暈眩和失重的感覺湧上週身。

石方方的身軀和靈魂一起轉移到天上人間的通道，也就是小樹林裡的樹圈。

「竟然回到這兒！」

小樹林裡的樹圈，一直是姊弟兩人戲耍的地方，很多好玩的事情，他們一起分享，也分擔心中的煩憂，但是有些心事，真的不能講，譬如石方方去竊聽祕密會議……

至於石圓圓，不但總把頸子包得緊緊的，不給人瞧見那條項鍊，而且常常跌得鼻青臉腫……

現在思前想後，時間跳來跳去，事件與線索零零碎碎，石方方慢慢有了一些瞭解，卻仍遺失某些環節。

於是，石方方趕緊跑回家裡。

夜裡，熟悉的曲徑好似自動開路。

前庭沒人，簷下掛著娘晾曬的衣裳，獨獨少了自己的，這讓石方方心裡湧出更多感傷，離家不過數日，彷彿世界全變了樣。

輕手輕腳，石方方溜進姊姊的房間，整整齊齊的擺設，不多，床一張，一具梳妝台連著衣櫃，每一層抽屜的手把上幾乎都磨出光亮，這是從娘的房裡搬過來，當初石方方也有幫忙。

*

「是娘嗎？」一個微弱的聲音。

「怎麼還沒睡哪……」聲音虛弱無力。

「嗯哼……」石方方故意咳了咳。

「是誰？」

「喂，是我啦！別裝了！這時候誰相信妳睡覺哪！不是跑去開水鬧嗎？」石方方故意說得輕鬆。

「就是起不來嘛……」那嗓音是有點破破、軟軟的。

石方方挨近床沿，再湊近一瞧，發現石圓圓的臉蛋蒼白、鬆垮，不像往日的她。

「你……怎麼跑回來？」石圓圓有氣無力地問道。

「唉呀！」石方方跺腳，稚氣地說：「你們那樣說，又是『雲娃』，又是羊的，我到底是什麼啊？」

在房間裡晃來晃去，石方方叨叨絮絮訴說自己的不安與迷惘，卻沒發現姊姊的軀體忽隱忽現。

＊

「為什麼？為什麼大家都瞞著我？」石方方焦急詢問。

「這……怎麼能講……」一個哀怨的聲音卻從門口傳入。

背光的身影慢慢移動，不用猜，就是石大娘！石方方沒有立刻問候，卻是急於躲藏，想要躲掉一頓責罵。

「孩子，你來……」石大娘叫喚，一面伸手，將石方方拉到床畔，拍了拍床，示意他坐下，隨後整了整棉被，挪出空間，撐著床板，自己也坐下。

「唉……這時候，不講也不行。」石大娘又嘆了一口氣。

「嗯？」石方方此時的情緒同樣複雜，怕知道得少，老是被當成「羊」，一段「草山」之旅走得糊里糊塗；又怕知道得多，弄清楚自己是什麼樣的「雲娃娃」，這個家恐怕就待不下。

「圓圓比你早知道，我也是這樣告訴她的，當時你們還是小娃，咿咿哇哇的，說著我聽不懂的話，你們倆一起出現在樹圈裡，身上戴著兩個奇怪的石頭，本來一直沒事的，直到你們發現『方輿石』的祕密。」

「方輿石？」

石大娘點點頭又說：「壞就壞在這裡了。」

「我不忍心老爹受苦……」石圓圓說得激動，語畢立即渾身疲軟。

「我當然知道妳違逆天意，妳想幫妳爹啊……」石大娘頓了頓，繼續說道：「巫師對我們說，都是因為你們……你們不走，雨就不下，『天鏡湖』就要見底了……」

「什麼道理！憑什麼說是因為我們！」石方方切斷石大娘的敘述。

*

「巫師說的，大家都信。」

石方方注視石大娘，心裡揣想：看來娘也是深信不疑，所以才讓我跟去「草山」。

「豈有此理！」石方方一個箭步滑下床畔。

「你聽娘……聽娘解釋……」石圓圓虛弱的聲音，好像就要氣絕一般。

「妳怎麼了？為什麼變成這樣？」石方方軟化態度，焦急地詢問姊姊的病體。

「她沒聽勸……」石大娘生氣又懊惱，還有更多心疼與不捨。

「巫師知道咱家有兩個『雲娃娃』，他也知道圓圓常幻化成霧去打開水閘，他告訴你爹，為了拯救這座山，必須進行一個計畫……」

「種雲計畫？」石方方現在總算弄清楚了，果然就是自己被蒙在鼓裡，可是，再仔細想想，也不盡然，那個晚上自己便偷聽到這個字眼，只怪自己太過輕率，也無心觀察周遭，忽略種種蛛絲馬跡……

＊

「所以，這是威脅？還是條件交換？」石方方頹喪地喃喃自語。

「你爹只好哀求巫師，能不能一個就好……」

「等等！『一個就好』是什麼意思？」

「圓圓現在這樣，就是因為時候到了……」

「娘……別再說了……否則前功盡棄……」石圓圓阻止石大娘再說，甚至催促弟弟：「你快離開！」

「不要！我不走！」石方方抗議：「不能讓妳一個人承擔，既然我們都是『雲娃娃』，他們不可能放過我！而且，他們的計畫未必一次就成，我照樣逃不了！」

石方方一口氣說完自己的看法。

「你不懂！你不懂！巫師有計畫……」

＊

桓寬一邊走，一邊以手摸觸背袋，手上感覺巫師給的錦囊，心上則是盤算任務一項又一項，前面已經完成的，以及未來必須實行的……他的心裡不斷思索，如果這般，如果那般……雖然巫師給他裁量與決定的權力，但是他知道：最終必須不顧一切，種雲……

＊

山頂在望，此時，放羊的隊伍走在山稜線上，不高。不過，風吹拂面之時，毛孔頓縮，皮肉微顫。

「歇會兒。」桓寬宣布。

「在這兒？再不久便可抵達……」桂根皺眉質疑。

「不急。」

桓寬轉身，張開手臂，攔阻羊群行進，最前端的羊因此停駐，後面的無法跟進，便緩步向旁邊四散，由於地處山稜，羊兒也不敢貿然奔跑，只是就著腳邊的方寸之地，低頭尋覓綠苔和細草。

「啊……瞧我們住的『米山』……這會兒看來真是美極了！」桑皮忽然發出讚嘆，口氣充滿思念。

*

為了美景暫歇，當然值得。

男孩們找到一個石頭堆疊的歇腳處，可以坐下來斜靠倚背，一放眼，便能看見遠山的梯田景象，水鏡閃耀，一片接一片，有的綠，是秧苗剛插進土裡，有的黃，是稻子抽穗垂盪，有些不見顏色的，甚至變成土褐，是正在休耕涵養。

山腰上的黑點點，是一間一間比鄰的草屋，高低參差形成聚落名曰「稻香村」，村人們喜歡住得近，人人熟識，孩子們家家玩，玩整天。

因為山勢，「稻香村」約莫分成上下，往上通向森林，藏著一面又大又圓的「天鏡湖」，往下可抵山腳，連接此時男孩們所在的「草山」。

而在兩山之間的，是一處野花遍布的谷地，村人們習慣把自己的作物，帶到谷地進行交換，時節選在風和日暖的花季，各家帶著竹籃桌，有什麼好吃的，擺上桌，桌桌相連，便成饗宴。大家以手抓食，豪邁自由，再用木碗喝著各家自釀的米酒，歡暢分享，如此吃喝玩樂，熱熱鬧鬧一場。

「注意看雲！別閃神！」桂根提醒。

「真掃興！」桑皮抱怨。

「咱們不是來看風景的，別忘了任務。」柏高也點明。

「我當然知道，現在雲朵破碎而淡薄，還有得等！」桑皮總是不甘示弱。

「所以，繼續前進吧！」桂根不愛抬槓。

「走就走！」桑皮也收起興致，跟上腳步。

*

無所遮蔽之處，山頂。

這是「草山」最高的地方，雖為峰頂，並不高峻或陡峭，反而更像一個淺淺的凹盆，距離山徑較遠的那邊，本是一個湧泉，形成水池，現在卻只見到汩汩逸出的剩水，無法浸濕盆邊的碎石沙洲。有不少傾倒的樹木還守在池邊，彷彿執意等待水地溢滿，還給它們一幅枝葉繁茂的水中倒影。

「這下子沒辦法洗澡啦！」桑皮說出失望，卻也不失理性，立即點出關鍵：「那麼，這水，能喝嗎？」

「這麼多羊，恐怕不夠。」柏高直接論斷。

「先別管羊，我說咱們哪！」桑皮苦笑。

「早叫你飲水要省著喝！」桂根似乎又故意挑剔。

「夠省啦！再說，我還剩下兩壺，不怕渴！我只是想告訴你們，不夠喝的，來找我。」桑皮的裝備本就比其他人多，所以口氣難掩虛榮。

「喔！原來如此……」柏高擠弄臉上的皮肉，嘻笑地說：「難得你這麼好心，拜託一定要留一口給我！」

「總算有人懂我！」桑皮哼了一聲，心裡反而覺得十分舒坦。

「放心，只要成功就不擔心。」桓寬總結議論，甚至強調：「一定會成功。」

「不等石方方嗎？」松冕終於出聲，總算有人想到一個失蹤的同伴。

「都說他無關緊要，何必在意他。」桂根話鋒又冷漠又傷人。

「倒也不是棄他不顧，一切看天象。」桓寬仰天四望，做出判斷：「看來氣候還沒形成，咱們可以等他一下。」

其他男孩也樂得輕鬆，凝望空茫，等待時機。

＊

石方方還在家裡，姊姊的房內，有些事情，他還沒弄懂。

「求求你……趕快走，別管我了……」石圓圓躺在床上，心急如焚，恨不得起身，抓起弟弟奪門就跑，偏偏這時候的她，只能癱軟在床。

「孩子，你快走吧，咱們只能護你到此時，對不起你的姊姊啊……」石大娘掩面啜泣，甚至俯身趴在被褥之上。

「我會求他們……不要把妳帶走……」石大娘抱持一絲希望。

「誰？帶走誰？」

「嗚……」

石大娘越哭越傷心，石方方越想越不對勁，都病成這樣了，誰還要來帶走姊姊？

「娘！求求妳！趕快告訴我，誰要來帶走姊姊！」

「巫師……還有村長他們……」

「為什麼？為什麼？爹呢？趕快叫他來幫忙，我們幫姊姊移到樹圈那裡，不然我用『方輿石』試試，方圓合，靈分身……」

＊

方圓合，靈分身。

瞬間白煙瀰漫，房內少了一人。

石方方十分著急，胡言亂語，無中生計，心想或許「方輿石」可以救急，因此忙中有錯，順手將方石與圓石合併，一陣白煙乍起，石方方已然幻化成霧，轉移他處。

曉色漸朗，事況漸明。

不能走的，等待命運。

晨間。

草屋外，石老爹怒斥傳來，一陣棍棒互擊的衝突與騷動鬧得空氣中充滿恐懼，草屋內，石大娘已經顫抖、瑟縮，卻仍然趴身抱著、護著床上因為氣虛而癱臥的女兒。

「不行！不可以！求求你……不要帶她走……」

石老爹一聲一聲的斥責轉為哀求，被兩個大漢架住的他動彈不得，只能在草屋外，眼睜睜地看著女兒被抬了出來。

「放了她！放了她！讓我來代替她吧……求求你……」

石大娘死命想要拖住抬椅的村人。

「認了吧……」村長好意勸慰，無奈地說：「不得已……誰也代替不了她。」

「娘……沒關係，時候到了……」坐在椅子上的石圓圓氣喘噓噓地急著安慰。

石老爹被丟在前庭地上，一把眼淚一把鼻涕，他不停捶打地面，先是拿自己的拳頭，後來又是自己的額頭，跪在地上的他，除了眼淚汪汪，額頭上也滴下一行血流，可是，此時的他只能吞嚥一切，無語默默。

「怪我……都怪我！當初不該留下他們……」

石大娘則用自責攬下過錯，以愧疚總結因果。

＊

那麼，天象有無因果？

時近晌午。

桓寬正在努力思索，根據巫師交代，為了那山，可能把這山毀了，若不照做，可有別的方法？而且能夠達到相同效果？

「喂！生出第一朵雨雲啦！」桂根興奮大叫。

「真的！」男孩們跟著亮起了眼睛。

果然，原本一色的藍天，出現一朵輕淡的雲花。

「那是淡積雲，還不夠看。」柏高說明。

「什麼意思？」桑皮問道。

「淡積雲獨來獨往，對我們的計畫幫助不大，而且，那不是巫師的雲。」

「喔？巫師的雲？難不成你見過？」桑皮總是逞快，不讓人贏。

「當然沒有！」柏高有話直說：「而且，老天自己下雨才好，咱們自己『種雲』是禍不是福！」

「不必多說，準備吧！」桓寬令出必行。

男孩們胸口砰然，噤聲，開始動作。

＊

「草山」之頂。

男孩們各盡其責，拉近所有負載的羊隻，卸下裝備。

湧泉之處，有些羊隻來回逡巡，試圖接近出水口，希望舔上幾口，不過，大部分羊隻並未行動，而是留在比較空曠的平地，正是男孩們著手進行計畫的區域。

「將羊隻納進去？」桂根問道。

其餘人暫時歇手，沒有接話，因為這個問題只有桓寬可以決定。

「……」

桓寬第一次猶豫了。

「讓牠們自己決定。」

男孩眉頭皺起，桓寬這話說得令人玩味，牲畜的意願？

一隻羊可以自己決定自己的角色？

*

沒有選擇的人，是石方方。

石方方必須離開！因為他的角色已經被姊姊搶走，石老爹和石大娘向巫師妥協，交出「雲娃娃」是唯一的辦法，石圓圓犧牲，石方方留下。

被安排的命運！

石方方頹喪地坐在樹圈內，去放羊，只是他們講好的藉口，這樣想起來，比起那些顧著低頭吃草的羔羊，自己更加懵懂！

更讓石方方懊惱不已的是：在重要時刻竟然顧此失彼，溜嘴說出「方輿石」咒語，頓時消失。

方圓合，靈分身。

根本就是逃逸！

遲了，一切都遲了，姊姊被帶走，我還能怎麼辦……

未來，越想越難，不想，心卻越空越痛。複雜的情緒糾纏不已，石方方不禁低頭嗚咽，此刻的他，全然無助。

正當姊姊最需要他的時刻，自己竟然消失！

消失！

石方方忽然想起什麼，一把揪住墜子，狠狠扯下項鍊，好似撕裂胸口一般，他狠狠摔開墜子……

＊

「啊……」一聲薄弱的呼喊從樹圈邊緣傳來。

「是誰？」

地上一層薄薄的白煙，那是石圓圓的靈魂。

「妳怎麼在這裡！」石方方趕緊趨前探視，卻是束手無策，眼睜睜看著一縷靈魂沈降地表，爬不起來，也無法飄移，淡得幾乎溶入地表，宛如即將消失。

「我的靈魂哪兒也去不了……」石圓圓已經氣如游絲地說：「只能留在『方輿石』裡……因為……太多次的分靈……身體和靈魂都耗損了……」

「怎麼辦？」

「再戴起來……讓我跟著你……」

石方方沮喪地找回墜子，重新繫回頸上。

「可是……你一定要離開，不然……就枉費爹娘的苦心……」

「不行！我要去找妳！他們把妳帶到哪兒？我們去把妳的身體找回來，從此不再玩『方輿石』，妳好好休息，就可以恢復過來……」

石方方努力往好處想，設想一切都能按照自己的願望。

「不……遲了……『種雲』已經開始了……」

第五部　種雲

在「草山」峰頂，「種雲」計畫卻被延宕下來。

因為，桓寬的決議出現矛盾。

「你不是說，我的羊你全要了嗎？」桑皮惱忿忿地質問。

也難怪桑皮此際情緒激動，當初一隻羊用來「助燃」，桑皮抗議無效，桓寬直說「米山」的命運最大、最重要，一隻小小羔羊何足掛齒，現在倒發起慈悲心了，還胡扯什麼：讓羊兒自己決定命運！

桑皮說什麼也不甘服從，儘管他已經說服自己，已經接受犧牲羊群是最後一搏，臨時變卦卻是等於欺瞞、利用！

「你這不是戲弄我嗎？」桑皮咬牙說話：「現在可以，為什麼當初不行？」

「……」桓寬沈默半晌。

「別鬧了，巫師說的，一切依他。」桂根試圖擺平這一場內訌。

「你理智一點，先前是試驗。」柏高幫忙解釋。

「我當然尊奉巫師的交代，可是，上次的試驗告訴我，羊的作用不大。」桓寬試圖解釋：「火力應該足夠，而且這兒地勢高又平坦，水源枯竭，所以地燥草乾……」

*

「莫非你有更好的辦法？」柏高恍然大悟。

「伺機而動。」桓寬沒有否認，只面容肅然，卻引起更多猜疑。

「等等！」松冕瞪大眼睛，忽然暴跳如雷大喊：「你不能打他的主意！你不能用他來代替羊！我告訴你那些事情不是叫你來害他！喔！不！都怪我，是我多嘴，是我害了他！你這個冷血動物，你怎麼這樣對我！逼我出賣友誼！還想對他……」

松冕控制不住，衝向桓寬，揪住他的領口，不停搖晃，桂根和柏高見狀，立即趨前架住松冕，拉他遠離桓寬，卻任他踢腳、扭動軀體，由他發洩情緒。

桑皮旁觀這一幕，本來脹紅的臉龐，漸漸變得蒼白，眼神也變得直愣愣的，他放軟身子，跌坐地上，他屈膝、抱頭、摀耳，不理外界，希望藉此切斷思考、麻木感官。

「的確，那本來是巫師的最後一個法子，最後才用。」桓寬說明。

「可是，人失蹤了！石方方失蹤啦！」桂根提醒男孩們，現在，這個辦法行不通。

「也對……」松晃被一語點醒，頓時軟弱態度，卻依舊惡狠瞪人，嗔目切齒詰問：「不然，你想怎樣？」

*

救出姊姊！這就是石方方的打算。

唯一的打算。

石方方立即奮起，急忙跑出樹圈，跑出小樹林，他一路狂奔，他知道自己必須用最快的速度上山。

那天晚上偷聽秘密會議，石方方不想被逮著，所以也挑了同一條路線，然而，現在向上爬升，兩腳吃力，速度減慢。

「快！快！快！」石方方不停催促自己。

儘管心中萬分著急，卻一點也使喚不了雙腳，那一片護著「天鏡湖」的森林，似乎遙不可及。

「就在那裡！肯定是的！」石方方心裡揣測，卻也有八、九成的把握，因為，那裡正是巫師飲食起居的木屋。

巫師做法的祭壇也在那兒，湖邊的懸崖邊上。

*

巫師的祭壇與往日不同，以往都是獻上作物，穀、麥、花、果，一個簡單的木剖長桌也就足夠，這一次，必須堆木為臺，因為要送回「雲娃娃」。

天光變薄，巫師只准幾個重要的村民在場，其中包括村長，以及幾個大家族的家長，唯一例外的是兩個替「雲娃娃」抬椅的大漢。

因為，那張椅子必須安安穩穩、牢牢固固地綁在火堆之上。

晌午已過，日頭漸露疲態，巫師抓準時機，開始念咒。

「東生木，西生金，彼天興雲，降甘霖。」

巫師繞行木堆，一手捧碗盛水，一手持枝葉沾水，醮灑空中。

「南生火，北生水，吾土稼穡，育人民。」

巫師再行禮一回，以枝葉沾水，醮灑四方。

接著，村長遞出一支火把，末端是煤油焚布，火舌蓄勢待發，悶悶噴出濃煙，氣味嗆鼻，巫師舉著火把繼續繞行木堆，口中不斷喃喃念咒。

異象隨即顯跡，原本盤升的煙頭，竟然停滯半空，形成一管煙柱，隨著巫師的咒語，慢慢揉合為團，然後緩緩飄高、飄遠。

第一朵雲已經形成。

*

「快看！雲！巫師的雲又冒出來了！」桂跟指著遠山大喊。

男孩們轉移目光，暫拋羊群，他們把視線焦點對準自己的家鄉。

從「草山」眺望，此時「米山」頂猶如一根炊房的煙囪，噗嚕噗嚕，吐出煙絲，一到空中，煙絲便隨氣流游移，有的懸掛不動，有的飛得老遠，也有的瞬間消散，有的則聚合成雲團。

「沒錯，時辰已到，日落之前，『種雲』必須完成。快！趕緊準備！」桓寬神色警戒，軀體僵直。

現在，已經沒有時間多做解釋，望著「米山」那邊的積雲越來越多，越飄越近，天光似乎也同時微微轉暗，松晃恢復平靜，桑皮也收拾沮喪，默默加入。

＊

「繞著盆地邊緣，大約一個身長的距離……」

桓寬所指的，是設置飛天泡的定點，數十支黃皮飛火炮，沿著面向「米山」的那一面插立。

男孩們分工進行，此時受了驚動的羊群，竟然全數擠到湧泉那一邊。

「哈！哈！哈！羊兒選得好！」桓寬忽然放聲大笑，羊群的反應與走避令他感受到一種微妙的領悟。

「算你們聰明！嗅出危險……」桑皮看著羊群嘟噥，心裡倒是如同放下巨石一般，省得自己為犧牲的羔羊心慟而揍人！

「希望這樣的決定……不會壞事。」柏高看著桓寬，似在詢問，似在爭取贊同。

「盡力而為吧。」桂根搖搖頭，不想多動唇舌。

「灰頭雲，閃一閃，下一丈。」巫師繼續念咒。

「黑頭雲，暗一暗，下一晚。」巫師不斷念咒。

湖邊懸崖上，巫師在祭壇上做法，不消一刻，森林環抱的「天鏡湖」上空已經盤旋一大片雲團，像極了大蘑菇，上層白，下層暗，外濃黑，裡透光，最高的邊緣成霧、如絲，準備起飛一般。

實際上，積雲並非飛走，是不斷伸展、延長，猶如瓜蔓，末端自尋方向衍生，而且，這一片增殖的雲層正朝向「草山」。

＊

這個世界只有兩座山，一座大的，「米山」層層疊疊，梯田連綿。另一座矮的，只長草，喚做「草山」。

此時，兩座山的命運緊緊牽繫在一起，巫師在高山之頂施法生雲，幾個身負重任的男孩在小山設置飛火炮陣。

「過來了！過來了！」桂根仰頭大喊。

幾個男孩同樣目不轉睛，注意雲層移動速度的快慢。

「火柴拿出來！」桓寬掌握行動的步驟，他要求一致，並且確實檢查。

「同時或者先後？」柏高此時提問，顯然感覺出某些不妥或者疑慮。

「我認為同時好。」桂根說道。

「分批的好，萬一我們錯估了高度，才有機會調整。」桑皮的意見總是與人相左。

*

「嗯……」

桓寬再陷思索，不禁感覺定奪之責無比艱難與沈重。

「且看且射！」柏高提折衷之策：「第一波雲層邊緣一抵達，便射一支，看看效果如果，我猜，時間應該足夠的，況且，雲層中心才是目標，時候到了再來集中發射。」

「我沒意見。」松冕此時顯露懶散。

「雖然大家意見不同，我想……謹慎一點，就依柏高所提，先試一支。」桓寬很快做出決定，但有補充：「萬一，臨時有變，我希望大家動作迅速，而且，全聽我的。」

男孩們全數點頭。

「那麼，這一次試射，你來負責！」桓寬注視桑皮。

被點名，桑皮毫無推拖。

*

一大片積雲層遮天蓋地而來，約莫一半高度的「草山」必須利用山勢落差形成空氣對流。

「希望積雲夠冷。」桂根凝望漸漸逼近的雲層，再度點出關鍵。

「所以才挑這個日落時分之前的時刻，也方便我們行動。」桓寬必須鎮定「軍」心，所以篤定地說：「不要再擔心了，巫師已經考慮周全。」

「可是那一團雲，像天一樣巨大，而飛火炮……」桑皮面露憂容地眼前的測試炮，「裡頭裝的黃色藥粉夠不夠呢？」

「什麼黃色藥粉？那叫碘化銀！」柏高予以嚴肅指正，不過仍然和顏悅色地解釋：「飛火炮當中，炸藥的作用在於爆炸、燃燒，碘化銀的作用在於結冰，兩者的比例非常微妙，誰多誰少，飛高飛低，當然關係成效。」

一向默然的松冕只說：「總之，我們必須『種雲』。」

*

天幕半黑。

巫師生雲，數量龐大，不僅「米山」上空幾乎已經布滿烏雲，對面的「草山」也即將被黑幕遮蔽。

這些雲層猶如含水的土壤，稻田要插秧，而雲田必須播種，黃皮飛火炮內裝載的碘化銀微粒，正是種籽。

而種雲也好比種稻，種稻的目的是割穗碾米，種雲則冀望結冰得雨。

這個「種雲計畫」，為求降雨，不計任何代價。

*

烏黑濃密的雲田連綿不絕，直逼世界的邊緣。

但就在抵達「草山」上空之際，一支黃皮飛火炮直射而來。

咻……咻……

山頂峰上的男孩們，個個凝神觀察，耳目皆開，目測高度是否足夠，耳聞微粒是否分散。

「高度差一點！」桂根的焦急開始傳染。

「移動！」桓寬馬上調度，下一秒轉頭，鎖定更高地點，立刻拔腿就跑。

「放這裡！」桓寬毫無遲疑，快跑一段然後蹬踩一下，陸續決定了最新設置定點。

男孩們瞬間意會，衝向原來的設置點，迅速抽出飛火炮，聽令行動，再跑幾次，便已完成變更。

然而，此番異動相當吃力，精神上的緊繃尤其令人疲累，男孩們氣喘吁吁，跌坐在地，心想或可寬舒片刻，不料卻聽見桓寬大聲斥喝：「不能鬆懈！趕緊起來！積雲團衝過來了！」

*

石方方衝向木堆！

「不可以！」石方方極力想要搶下巫師手中的火把，因為，他即將引燃火堆。

「退下！」巫師甩手怒斥。

村長見狀，指示兩名村民捉住石方方，將他拖離祭壇。

「不可以！不可以！」石方方就是不死心，用力拳打腳踢。

忽然，石老爹竄了出來，兩手緊握一支木棍，左劈右打，試圖嚇退阻攔，接近木堆。石大娘則緊貼在石老爹背後，藉由石老爹掩護，趁亂接近木堆，七手八腳想要抱出石圓圓。

「放肆！」巫師咆哮：「別壞事！」

「住手！」村長拉住石大娘，極力勸阻：「算了吧！你要為大家著想！」

更多村民被叫來制服石家人。

天際僅剩一道白練般的天光，自雲層流洩而下，那是「雲娃娃」回家的路。

「人間非雲端，速速去，莫流連。」巫師高舉火把，指向天空。

「回家吧！」巫師丟出火把。

「圓圓！」石大娘和石老爹聲嘶力竭的哭喊。

「姊姊！」石方方努筋拔力，就是無法掙脫束縛。

火把碰觸木材，浸過油的木材，火堆瞬間閃燃，低層的木頭搶著焚燒，悶嗆的燻煙從木堆內部噴吐出來，木堆已經變成一團跳舞的雲。

*

在「草山」的峰頂，這一團跳舞的雲更形龐大。

「發射！」桓寬幾乎嘶吼，此令一下，他的任務與責任便告終結，因此藉由吼聲釋放他的壓力。

「發射！」桓寬在心中計算沖天以及爆炸的時間差，然後抓準下一輪發射飛火炮的時間點。

「發射！」三批飛火炮連續射進雲層。

三輪之後，桂根忽然唉叫一聲：「糟糕！我的火柴盒著火了！」

這一聲叫得突然，男孩們個個專注於飛火炮的射程，無人目睹事情如何發生，此時只見桂根倉皇摔開手中的小火球，下一秒草枝便嗶剝嗶剝爆響，乾燥已久的黃草順勢爆火，隨即延燒，見草燃梗，遇石跳火，傾刻之間，火炙乾地，半吋不留。

「離開！趕快離開！」

*

「飛火炮！小心飛火炮！」桓寬不斷嘶喊，臉上出現驚懼的表情。

原來應該分批引爆的黃皮飛火炮此刻已經全數陷在草火之中，由於周圍溫度升高，應該飛抵高空雲層才爆炸的炮管，提早受熱，可能就在地表或低空隨時爆炸。

男孩們並未預料到這一幕，慌亂撤退，因此衝進湧泉噴口邊的羊群之中。

桑皮甚至壓倒羊隻。

羊群受到極度驚嚇，胡亂竄逃，互相推擠，有些掉入湧泉池，有些循著下山路線，一路狂奔。

悲慘的是，有些羊群被推入燃燒區，因為煙霧瀰漫，形成堵牆，羊隻沒有勇氣闖出，因此活生生變成了「助燃」。

*

野草燃燒，煙霧瀰漫，還有不少飛火炮未能射向高空雲層，因為受熱而提早爆炸，轟炸四處，結果引發烈火燒山。

峰頂的火勢蔓延，沒有水牆阻擋，火線蛇行，情況一發不可收拾，對此，男孩們面面相覷，就連桓寬也同感錯愕，失了盤算。

「都怪你不小心！」桑皮刺出第一個把矛頭。

「為什麼！重要關頭你倒出錯，平常你不是這樣粗心的，說！到底為什麼？」柏高之言讓人倍覺驚怪。

「……」

「難不成……」桓寬逼視桂根詰問：「是村長叫你這麼做！」

「沒錯！」桂根再也不肯低頭沈默，他理直氣壯告訴大家：「我是故意的！『種雲』不夠，村長就是擔心這樣，所以他交代我，乾脆燒山！必要的時候連羊一起陪葬！」

＊

「可惡！難道你不怕把我們一起燒了！」桑皮氣得團團轉，咬牙切齒，掄拳握掌，卻找不到挨揍的目標。

「村長說，犧牲！犧牲少數，成全大局，我支持他！」

「可是……你沒想過，萬一犧牲的是你的家人、你的朋友……」

松冕語氣哀憐，想到石方方一家。

「我不能揍你！我不能揍你！你只是聽大人的話！你只是聽大人

的話！」桑皮來回踱步，磨磨叨叨，握拳，甩手，極力控制自己的情緒。

「我們都是！我們都是聽大人的話！可是你們看看……」桑皮漸漸有些恍神，繞身一圈，腳步差點踉蹌，他吸吸鼻子，顫抖地說：「我們……我們竟然放火燒山……」

「怎麼辦？」松冕已經跌坐地上，抱著頭，喃喃自問：「怎麼辦……」

「趕快逃下山！」柏高指出方向。

「可是這火……」桑皮似乎也無可奈何了。

「不行！」桓寬終於打破沈默，堅決地說：「我們必須滅火。」

＊

祭壇上的火堆無法熄滅，火與煙燻天、竄升，那是直達天際的歸鄉路。

送走「雲娃娃」，必須打開天地之間這一條通道。

石方方的嚎啕大哭，哭聲被淹沒在熊熊大火的爆響裡，石老爹和石大娘已經頹癱在地，在場的村民個個無言無語，眼珠子直瞪瞪，表情怔怔愣愣，他們疑信參半，默默目睹「雲娃娃」坐在煙團內，安詳，沒有掙扎與恐懼。

巫師口中的「雲娃娃」，石圓圓，卻是石方方的孿生姊姊。

煙霧模糊了形象，也或許是因為石方方的雙眼早已淚水濛濛，石圓圓的軀體看來如煙似霧，彎彎扭扭，又彷彿已經化為煙霧，剩下一顆顆的塵粒，凝聚卻又分離。

*

「方圓合，靈分身。」

一個細微的聲音沒被注意。

正當眾人目瞪口呆地注視火堆燃燒之際，人群之中也升起一團如煙似霧的形體。

無聲無息，那團煙趨近火堆，然後進入焰心，無人發現。

火堆冒出更多煙、更多火，時而竄出，時而收納，村民也因此忽近忽遠，時而走避、時而探看。

「快閃！」不知是誰大吼一聲。

村民聞聲立即照辦，因此開出一條通道，瞬間，一股濃煙奔出，下一秒即消失於無形。

無人受傷，村民只是受到一些驚嚇，有個人壯膽再度上前，其餘便隨之移步，靠近火堆，圍觀。

*

「怎麼滅火？」桑皮指著不遠處的湧泉口小池塘，沮喪地說：「那些水還不夠我止渴！」

「切斷火線。」桓寬說得簡單扼要。

「我懂，可是……哪來的工具？」柏高東張西望。

柏高說的「工具」，要用來挖渠掘溝。

的確，桓寬打算挖渠掘溝，好比「米山」的引水工程，此番，溝渠要用來阻絕火苗的去路。

「我有短柴刀！」桑皮雀躍地拍擊自己的背袋。

「很好！」桓寬重拾鎮靜，指揮若定：「其他人去找找石頭，不管是有銳面或者有鈍頭，都可以拿來刨土挖洞，多費點功夫，一定可以！」

＊

男孩們大吸一口氣，提振精神，就近尋覓工具，不論大小或形狀，只要能鬆土，就值得一試。

於是，他們目測火線前進的方向與速度，在可能成功的區域範圍與時限範圍之內，個個奮力挖掘，期使火舌無法伸長。

松晃與柏高一組，桑皮與桓寬搭檔，他們從兩端合擊，一段一段，試圖切斷火焰向下流竄。

唯有桂根一人旁觀，對於釀成此禍，他的內心並無遺憾，因為他仍然支持村長的做法，犧牲是必然……

＊

那麼，犧牲我吧……

「方圓合，靈分身。」一面如死灰的石方方氣若游絲般低喊。

意念拋下軀體，雲娃娃便已離開人間。

一如降臨之初，兩個孿生姊弟回到樹圈，在小樹林，就在石家草屋後面。

在人間逗留的時光，兩個雲娃娃被養成「石圓圓」與「石方方」。

此際，兩個雲娃娃回復無體之形，乃得處處游走。

*

樹圈裡，一團煙霧披覆地表，由單薄而濃重，仔細看，便能發現那是兩個孩子的形貌，癱軟，躺在地上。

從地表看上去，樹幹幾乎參天，山頂的烏雲更高，使得周遭顯得密黑，卻也襯托出靈魂的單薄。

「你怎麼捨得爹娘……」石圓圓漸漸甦醒過來，對著一旁還失去意識的弟弟，聽似責難，實則不忍。

不久，石方方也睜開了眼，他第一句話急著想要知道究竟：「妳……沒事……妳……好好的……」

「別急，你先歇會兒。」石圓圓安撫弟弟，隨即緩緩起身。

環顧樹圈，景物依舊。

滿眼不捨的石圓圓無聲惋惜，心緒竟然脫口而出，悠悠嘆了一句：「我真想一直住在這裡啊……」

「我們是住這裡啊，爹和娘……」石方方感覺身子輕盈起來。

「不，我們住在那裡。」石圓圓仰頭，手指向高處。

「樹上？」

石圓圓搖搖頭。

「山上？」石方方再猜。

石圓圓又搖搖頭。

「我們真是『雲娃娃』啊，你不相信我，總得要相信娘……」

說起娘，想起娘，石圓圓心情一沈，又跌坐地上。

「就是捨不得娘……」

石方方亦然，他念頭一轉，拉起石圓圓，說道：「既然都回到這裡了，我們回家去找娘，還有爹！」

*

「不行呀！」石圓圓心頭揪了一下，不禁想著：我何嘗不想！但是身為「雲娃娃」，人間只能走一趟。

「時候到了。」石圓圓提醒自己。

「什麼時候？」

「降雨啊！」石圓圓嚴肅地說，「他們已經熬過三年乾旱，沒人偷，沒人搶，雖然總是叫石老爹吃虧，卻也沒有喪失人性，彼此傷害，所以，老天爺要還給他們一些水了。」

「熬？還？偷搶？人性？」石方方摸摸腦勺，同是「雲娃娃」，為什麼這些事情我都不知道！

「你愛玩呀！幸好你我孿生，算我倒楣吧，得幫你擔責任！」石圓圓一口氣吐完所有苦水似的。

然而，話裡乾坤，豈能一語道盡。

「『雲娃娃』到底有什麼能耐？」石方方又是一臉茫然。

「回天上，你再從頭學過吧。」石圓圓露出笑臉。

*

「方圓合，靈分身。」

於是，兩個小雲朵，一個圓，一個方。若將兩朵雲貼在一起，小圓恰好套進方裡，圓補方，方收圓，互倚互靠，好似合成一塊方輿石，不透明之中紋路可辨，彎彎曲曲，恰似梯田山貌。

這兩朵白雲，融成一團，飄呀盪的，漸飄漸高，越盪越遠，直到「天鏡湖」躺在底下，可以見到巫師做法的祭壇。

「妳還來這兒？」

「本來想讓你留在這裡的，你倒願意跟我一起離開了，現在，全村的人都知道咱們了……」

石方方皺眉，想不通這話的意涵，就全聽姊姊的吧，既已成雲，只好以天為家。

「接下來，我們該做什麼？」

「種雲。」

於是，兩個「雲娃娃」溜進積雲團，敲擊甘霖冰晶。

方圓合，靈分身。

天地和，萬物生。

*

「可惡！」桑皮低聲咒罵，原來他的短柴刀斷了半截，還差一點被飛出的斷刃劃傷。

暫歇片刻，桑皮坐在地上，望著火勢，不禁嘆氣，肩頭低垂，好像所有的力氣一下子洩盡。

「這樣刨下去，太慢了，根本擋不住火線。」

「繼續！」桓寬有些動氣，不是針對人，應該也是為事焦急，卻仍然不願休息。

「你們看！你們看！」

又是桂根！所以男孩們沒有興致，自顧自地繼續手上的刨土工作。

＊

「火積雲！是火積雲！」桂根興奮大叫。

「有效！我就知道有效！」

桂根在火燒區邊緣又吼又跳，全然忘記這片峰頂仍在燃燒。其餘男孩見狀，仍然毫不在意，只是從蹲身之處轉頸翹望。天紅了一半！

「空氣流動！熱空氣上升！就要降雨了！」桂根拍掌，幾乎是手舞足蹈。

烏雲下方，黃黃橙橙又帶點紅色的雲層漸漸貼近，這些雲是山火的煙柱造成，熊熊烈焰的高熱導致空氣對流，水分，也因此被帶上天空。

「他只是矇對了……」桑皮忿忿不平。

「不！我認為是黃皮飛火炮裡的碘化銀產生作用！」桂根仍然堅持理性的做法。

＊

雖然各有憑信，桑皮與桂根總算不再針鋒相對，因為他們都盼望獲致相同的結果。

「總算下雨了。」松冕整個人平躺在地，任由雨點灑落身上。

「山火會熄吧！」柏高有些不放心。

「我們等它完全熄滅。」桓寬說。

幾個男孩於是放下刨地挖渠的工作，找了遮蔽之處，默默感受甘霖，這久盼的降雨……

＊

男孩們來不及搭帳，只是就著地勢躲在岩石的凹處，幾個人窩在一起，互相取暖，抵禦夜雨的清冷。

隔天，日光烘暖。

「該走了。」桂根最早起身，神采奕奕。

經過一夜飽眠，男孩們精神抖擻，千頭萬緒，已經全部拋給昨夜的及時雨，嘩啦嘩啦，此次「放羊禮」，零零總總，暫時封存在個人心上。

「該走了。」桂根再次催促。

「好吧，我來趕石方方的羊。」松晁面容平靜。

於是，男孩們踏上歸途，桓寬仍與桑皮走得較近，柏高和桂根居中，隊伍最後的松晁顯得無精打采。

放羊的男孩們，慢慢下山。

少了一人。

*

這個世界只有兩座山，一座矮的，只長草，於是成了「草山」。另一座高的，田隴層層疊疊，像階梯通天，喚做「米山」，聚落形成「稻香村」，村人特愛種稻，有些種蔬果。

也有人開始種花了。

不種的，只有一個，那是住在偏遠小樹林邊的石大娘，沒人知道因由，卻不約而同對此緘默不問。

三年大旱已然熬過，梯田山水鏡映雲，農耕如常。

雲娃娃漸漸被淡忘。

少年文學15　PG1149

雲娃娃

作者／蘇　善
責任編輯／廖妘甄
圖文排版／周妤靜
封面設計／陳怡捷
出版策劃／秀威少年
製作發行／秀威資訊科技股份有限公司
114 台北市內湖區瑞光路76巷65號1樓
電話：+886-2-2796-3638
傳真：+886-2-2796-1377
服務信箱：service@showwe.com.tw
http://www.showwe.com.tw

郵政劃撥／19563868
戶名：秀威資訊科技股份有限公司
展售門市／國家書店【松江門市】
104 台北市中山區松江路209號1樓
電話：+886-2-2518-0207
傳真：+886-2-2518-0778

網路訂購／秀威網路書店：http://www.bodbooks.com.tw
國家網路書店：http://www.govbooks.com.tw
法律顧問／毛國樑　律師

總經銷／聯寶國際文化事業有限公司
221新北市汐止區康寧街169巷27號8樓
電話：+886-2-2695-4083
傳真：+886-2-2695-4087

出版日期／2014年6月　BOD一版　**定價**／280元
ISBN／978-986-5731-03-8

秀威少年
SHOWWE YOUNG

國家圖書館出版品預行編目

雲娃娃 / 蘇善著. -- 一版. -- 臺北市 : 秀威少年,
2014. 06
面； 公分. -- (少年文學 ; PG1149)
BOD版
ISBN 978-986-5731-03-8 (平裝)

859.6 103008217

讀者回函卡

感謝您購買本書，為提升服務品質，請填妥以下資料，將讀者回函卡直接寄回或傳真本公司，收到您的寶貴意見後，我們會收藏記錄及檢討，謝謝！

如您需要了解本公司最新出版書目、購書優惠或企劃活動，歡迎您上網查詢或下載相關資料：http:// www.showwe.com.tw

您購買的書名：______________________________

出生日期：________年________月________日

學歷：□高中(含)以下　□大專　□研究所(含)以上

職業：□製造業　□金融業　□資訊業　□軍警　□傳播業　□自由業

□服務業　□公務員　□教職　□學生　□家管　□其它_____

購書地點：□網路書店　□實體書店　□書展　□郵購　□贈閱　□其他

您從何得知本書的消息？

□網路書店　□實體書店　□網路搜尋　□電子報　□書訊　□雜誌

□傳播媒體　□親友推薦　□網站推薦　□部落格　□其他__________

您對本書的評價：(請填代號　1.非常滿意　2.滿意　3.尚可　4.再改進)

封面設計____　版面編排____　內容____　文／譯筆____　價格____

讀完書後您覺得：

□很有收穫　□有收穫　□收穫不多　□沒收穫

對我們的建議：______________________________

____

____

____

請貼
郵票

11466
台北市內湖區瑞光路 76 巷 65 號 1 樓

秀威資訊科技股份有限公司 收

BOD 數位出版事業部

（請沿線對折寄回，謝謝！）

姓　　名：________________　年齡：________　性別：□女　□男

郵遞區號：□□□□□

地　　址：____

聯絡電話：(日) ________________　(夜) ________________

E-mail：____